PAZ na terra entre os MONSTROS

André de Leones

PAZ na terra entre os MONSTROS

EDITORA RECORD
RIO DE JANEIRO • SÃO PAULO
2008

CIP-Brasil. Catalogação-na-fonte
Sindicato Nacional dos Editores de Livros, RJ.

L576p Leones, André de
Paz na terra entre os monstros / André de Leones. – Rio de Janeiro: Record, 2008.
176p.

ISBN 978-85-01-08119-3

1. Conto brasileiro. I. Título.

08-3878. CDD – 869.93
CDU – 821.134.3(81)-3

Direitos desta edição reservados pela
EDITORA RECORD LTDA.
Rua Argentina 171 – Rio de Janeiro, RJ – 20921-380 – Tel.: 2585-2000

Impresso no Brasil

ISBN 978-85-01-08119-3

PEDIDOS PELO REEMBOLSO POSTAL
Caixa Postal 23.052
Rio de Janeiro, RJ – 20922-970

CÓPIA NÃO AUTORIZADA É CRIME
ABDR
ASSOCIAÇÃO BRASILEIRA DE DIREITOS REPROGRÁFICOS
RESPEITE O DIREITO AUTORAL
EDITORA AFILIADA

Para Wesley Peres, Renata e Sofia, que me deram um teto quando precisei.

Para Tércia Neiva, Edmar Camilo Cotrim, Joana Moraes e Marcos Eustáquio Cotrim.

À memória de Aldair da Silveira Aires, um professor.

Para os meus pais, Pedro e Lúcia, e para o meu irmão, Luciano.

SUMÁRIO

CONTOS

NOVELA

CONTOS

Difícil ser humano.

Dheyne de Souza.

PAZ NA TERRA ENTRE OS MONSTROS

I.

POEIRA E FANTASMAS

Sozinha e cheia de coisas na espelunca (à espera do fim?), a garçonete ajeita o vestido e os cabelos e considera cuspir de lado. Reconsidera e não cospe, farta de porcas porcarias.

Estatelada sozinha e cheia de coisas na espelunca à espera do fim, só que ainda não sabe — talvez desconfie.

Uma última talagada e a lata ganha altura e depois perde e é claro que cai a dois metros e meio do maldito cesto de lixo. A vida, tão imprevisível. Acontece e nada mais? Acontece que nada mais.

Sentada a uma das mesas com um livro aberto sob o queixo, olha ao redor e que desgraça de marasmo, de vidinha mais rasteira, e a lata termina de rolar ruidosa parando junto da parede encardida que — quando foi mesmo que eu limpei da última vez?

Não importa, fregueses ali são acidentais desde que a vizinhança morreu porque fecharam as fábricas que funcionavam nas redondezas.

Poeira e fantasmas.

Na rua outrora movimentada só passam agora um ou outro bêbado, estudantes aventureiros e desocupados, nunca em qualquer horário mais ou menos estratégico e sempre em direção a qualquer outro lugar que não aquela espelunca.

GIGANTETAS E OS MENINÓIDES

Maldito fecho dianteiro do sutiã quando gigantetas é o que se tem. Fica torta a coisarada toda e parece que o maldito fecho vai estourar e tudo vai se abrir e dois meninóides molengões sairão dançando fellinianamente às vistas de todo mundo.

TODO MUNDO?

Os fregueses. Acidentais desde a morte da vizinhança, uns poucos cadáveres insepultos aproveitando os aluguéis quase dados (nada é dado) desde o fechamento dos gigantescos animais cuspidores de fumaça. Abertos os seus portões, empregados e operários enchiam a lanchonete à hora clara do almoço e à escura do happy hour. Poeira e mais poeira agora.

RUMO AO NORTE

O patrão mandou avisar seis dias atrás: mais duas semanas e só. A garçonete cogitou procurar outras coisas, inencontráveis. Velho jogo de fazer continhas: trinta e oito anos, superior interminado, nenhum saco para o que quer que seja. Daí que avisou ao já quase ex-patrão:

— Vou me mandar.

— Pra onde?

— Norte.

— Tem parentes lá?

— Não.

— Então vai fazer o que lá?

— Não sei.

— Por que não dá um tempo aqui? Te arrumo outra coisa.

— Não quero outra coisa. Só quero dar o fora.

Nenhuma explicação razoável à mão, mas ele tampouco insistiu. Ninguém veramente interessado em ninguém. Pessoas perguntando e respondendo sem dar a mínima para o que perguntam e respondem. Vozes se esborrachando gratuitas em tudo que é lado.

Poeira e fantasmas.

CUS DE MÃES

Quando as fábricas fecharam e a vizinhança morreu, as putas que atendiam nas kitinetes das redondezas foram as primeiras a se mudar. Putas alforriadas, sem gigolôs. (Que foi feito dos gigolôs?) Alugavam kitinetes, botavam anúncios nos jornais e esperavam ligações. Deram o fora, todas. Então, mães solteiras com suas crianças geralmente pequenas se mudaram e se mudam para o bairro atraídas pelos aluguéis baratos. Algumas, eventualmente desempregadas, logo se vêem e são vistas dando os rabos para os senhorios tão sem escrúpulos quanto desgostosos dos largos e flácidos materiais que têm em suas casas. Na falta de dinheiro, eles exigem os cus e nada mais. Os cus, não as largas bocetas vitimadas por parimentos recentes. Lógico que não propõem a todas, só às efetivamente solteiras e cujos filhos são ainda bem pequenos. Há as que sequer esperam a proposta e já se oferecem. As engrenagens do universo capitalista ocidentário catraqueando nas pregas das bocas dos bogas daquelas pobres tão pobres senhoras.

TIROS PRÓXIMOS NA NEGRA ALVORADA

No que a garçonete, ela mesma, sente as pregas da boca do próprio boga avisando que é chegada a hora da qual não se foge e para a qual se foge. Azulejos verdes-musgo incruentos de gordura, lâmpada de luz amarelada, espelho quebrado no armário, tampa rachada da privada, vazamentos — o santuário onde ele (boga) dela (garçonete) tem lugar.

Ela entra, acende a luz, ergue o vestido, abaixa a calcinha e se coloca a postos.

Tambores, tiros próximos. Negra alvorada do vir-a-ser.

Primeira bateria eminentemente líquida. Sonora. Ela pensa em oceanos e mares, ela pensa no mar Morto. Ela pensa em marinheiros. Ela pensa em cataratas. Ela pensa no próprio mijo.

Então, o primeiro dos pelotões de elite. Negro alvorecer do fim dos tempos. Sobranceiro, fornido; majestoso, gorducho — mas sólido. Fibras e líquidos, em verdade, em verdade vos receito. Cheiro sadio por aqueles lados: o cheiro da batalha bogal. Sadio, familiar, todo dela. O segundo pelotão, menos sólido, dividido em dois grandes agrupamentos redondões: ploc, ploc: ai, ai. Ainda um pequeno grupo de pára-quedistas e pronto.

Batalha ganha.

Monstruoso alívio intestinal, o ânus disfarçando o biquinho e — reiteram as vísceras — pronto, pronto, pronto.

Chuveiradinha localizada, papel higiênico macio e o mundo voltando a girar. Claro, a descarga. Belos exemplares aqueles. Rígidos, bem constituídos, quase sorridentes. Filhos da gente. Tchau, tchau. Dando o fora goela-da-privada abaixo. Vou dar o fora feito vocês, ela pensa. Fora *mesmo*. Longe, longe: para outra estação.

Mas isso já não é ela pensando.

A ANUNCIAÇÃO

Oito da manhã quando o garoto entra arrastando sua mochila e senta-se à primeira mesa bem de frente para o caixa. Ele não parece um marginalzinho; marginais sabem que ali não há dinheiro. Não: metido no uniforme da escola pública de duas quadras acima, a medonha camiseta amarela com o mapa do estado pintado de verde nas costas, ele veio, estritamente, ou pelo menos a princípio, tratar de negócios:

— Tem suco de quê?

— Laranja e caju.

Está parada diante dele, já o viu passando pela rua. Dezesseis, no máximo dezessete. Alto para a idade, mas o que ela entende disso?

— Laranja.

— Com gelo e açúcar?

— Pode ser.

— E pra comer?

— Nada.

Seis minutos depois, o suco desce que é uma beleza. Uma beleza também o decote, ela sentada ao balcão pelo lado de dentro com um livro aberto debaixo das fuças e que beleza de gêmeos crescidões jogados amistosamente um contra o outro e o suco desce mesmo que é uma beleza.

— Que livro é esse?

Ela ouve e não ouve. Levanta a cabeça bem devagar e encara o garoto com uma expressão pesadona, francamente imbecil, de quem olha sem ver.

— Que livro é esse? — ele repete, olhos presos nas tetas brancas e vastas, vastíssimas, quase uma só.

— *O castelo* — a voz tão ausente quanto possível, e, de fato, não o encara para valer, pelo menos não ostensivamente; responde como se respondesse a uma cadeira que, por um milagre tedioso e inútil, de repente lhe dirigisse a palavra.

O garoto, excitado, tenta adivinhar a idade dela ao mesmo tempo em que a observa com o máximo de atenção, ansioso por cravar na memória cada mísero detalhe do que entrevê dos peitos e do colo e do rosto, o rosto muitas vezes sendo tão importante quanto as tetas e as pernas e o traseiro, pois, quando trancado no banheiro ou no quarto, calças arriadas e respiração descompassada, ele entende que uma boceta é só uma boceta, mas uma boceta com um rosto é quase uma epopéia, e também a voz, a voz sendo parte do que ele, dadas as circunstâncias masturbatórias vindouras, terá de mais palpável, justo quando palpabilidade é tudo.

Mas ele não foi ali apenas para isso. Há algo a dizer. Um anúncio. A informação que o fez criar coragem e adentrar a espelunca e encarar a garçonete. Deixar de ser uma cadeira, portanto, é essencial.

— Tenho que te contar uma coisa — diz a cadeira no momento em que ela vem buscar o copo e cobrar a conta, e ela pensa que não quer saber de uma coisa nem de coisa alguma. Mas a cadeira é educada e parece mesmo ter que lhe falar uma coisa e não apenas encarar os gêmeos como ela percebeu despercebendo quando veio anotar o pedido, e o que ela faz? Fica parada diante dele (cadeira-que-fala) com o copo vazio suspenso no ar decidindo se ouve ou não a coisa que inclusive já começou a ser dita: — Eu moro na rua de cima e passo todo dia aqui na porta indo pra escola. Essa rua tá sempre vazia, mas de uns dias pra cá eu vi um carro parado ali do outro lado com um coroa todo bem vestido dentro. Isso foi por três dias seguidos, sempre na mesma hora, quando eu tô subindo pra escola. O mesmo carro, com o mesmo sujeito fazendo a mesma coisa: sacando esse lugar.

Não é a cadeira, ela pensa, mas o garoto. O garoto que fala. Ela não viu carro nenhum, ou viu e não deu a mínima. Talvez tenha confundido com um poste, e esse poste agora cai na sua cabeça: ele vem sobre ela e a cobre de sombra.

— Quando é que foi isso?

— No começo dessa semana. Segunda, terça e quarta.

Ao ouvir estas palavras, ela se perturba refletindo sobre o que, afinal, essa conversa significa. E pergunta justamente o que não interessa:

— Como... como é que era o sujeito?

— Um coroa. Terno e gravata. Cabelo grisalho.

O garoto, não a cadeira. Dezesseis, dezessete anos. Uniforme de escola pública. Olhos no decote. Medindo, desmedido. E falando uma coisa muito, muito séria. Cabulando aula para isso (decote, falar). Por quê? E por que ela sente como se o poste caísse direto na sua cabeça, sem escalas ou amortecimento?

O cérebro humano gosta de ligar pontinhos, falsos ou não. O pobre sujeito estressadinho que acha que a mulher o está corneando liga um monte de pontinhos até o momento em que a executa com um pedaço de pau no alpendre da casa da sogra.

Coisas que podem ou não estar acontecendo.

O cérebro na verdade caga para a "verossimilhança" e só quer mesmo saber é de ligar pontinhos, e o faz numa velocidade tão estupidamente alta que o que passa a importar são os pontinhos em si, os que já estão ligados, os que falta ligar e o desenho da coisa toda. Eles se tornam auto-suficientes, uma realidade em si, e o resto que se dane.

Portanto, no momento em que ela saca que é o garoto e não a cadeira quem lhe fala "uma coisa", e que essa coisa pode muito bem ser UM pontinho específico que ela sinceramente esperava NUNCA ter que ligar, mas que sabia (sempre lá no fundo) que mais cedo ou mais tarde ele seria, sim, ligado, bem, é mais ou menos aí que o mundo começa a girar (parado fazia um tempão) e a girar tão rápido, mas tão rápido, que ela não apenas sente como sabe que ele (mundo) não só pode como vai (feito o tal poste que na verdade era um carro com um coroa dentro) cair. Cair na cabeça dela, obviamente.

— Um carro?

O que ela esperava que o garoto dissesse? Um poste, dona. Tinha um poste lá fora sacando o lugar e eu acho que ele vai cair na sua cabeça. Porque ela encara o garoto com uma expressão imbecil de todos-os-pontinhos-estão-ligados-e-brilhando, a expressão de quem entendeu bem demais o recado.

Ela deixa o copo sobre a mesa e senta-se diante do garoto. Um amontoado de gestos mecânicos, nada naturais. Naturalmente, mesmo percebendo que alguma coisa vai muito errada, ele não consegue tirar os olhos do decote. Daí que:

— É algum ex?

— Hã?

— O coroa. É algum ex-namorado? Ex-marido?...

Ligando os pontinhos: — N-não, eu... não acho...

Ela se levanta e vai até o balcão. Coloca o copo ali em cima e fica um momento parada. *Aquele* momento. Fosse uma coisa boa, o momento epifânico em que todos os pontinhos se encontram solidamente ligados, e ela só consegue pensar que a coisa toda faz sentido *demais*, e fica ali encostada e tudo o que consegue fazer é tremer, e tremer um bocado. Meio perdida, encara o garoto embaçadamente e percebe o que ele continua encarando, apesar de tudo. Gratuitamente. Troca de olhares o escambau. Ela cambaleia de volta para a mesa e senta-se. Respira fundo.

NÃO IA ADIANTAR PORRA NENHUMA

— Você tá bem? — ele pergunta olhando-a (acredite) direto nos olhos.

Ela balança a cabeça afirmativamente, um milímetro pra cima, outro pra baixo, e diz que:

— Mais ou menos.

— Vai... vai chamar a polícia?

"Polícia": a palavra faz com que ela volte a enxergá-lo. E sorri:

— Pra dizer o quê?

De fato. O momento, *aquele*, que passou e levou um pedaço dela e agora parece de volta. Lucidez. Entendimento geral e irrestrito de tudo. Do que está havendo, do que houve, do que haverá. Bom-dia, seu guarda. Alguém num carro, do outro lado da rua. Há alguns dias. Não. Me contaram. Não, *eu* não vi. Ele viu. É, aquele menino. Não, não fez nada. Ficou lá. Parado. Olhando.

— Não. Não ia adiantar porra nenhuma.

E lágrimas rolam pelo rosto dela. Mas ela não soluça, nem geme, e parou de tremer. Esfrega os olhos com as duas mãos e os antebraços, assim juntinhos, imprensam os peitos e os olhos dele são adolescentemente atraídos de novo para eles, de tal forma que,

(TÁ DE PAU DURO?)

quando abaixa as mãos e o encara, ela finalmente percebe, e percebe para valer, processa e saca e computa e entende e compreende e vê (oceano de carnes quase que inteiramente à mostra logo abaixo do próprio queixo), e saca de imediato a semgraceza dele e sorri maternaltristemente e o vê abaixar a cabeça e olhar as próprias — dele — mãos sobre a mesa, pensando seriamente em dar o fora.

— Ficou sem graça?

Ele sorri. Sem graça, ele. Claro.

— Qual a sua idade?

— Dezesseis.

E é isso. Todos os pontinhos como se fossem um só, inextrincáveis. Objetivamente: ela pensa no que está para perder e no que muito provavelmente pode ganhar antes de perder o que tem. Assim, seguindo pontinho por pontinho até a Luz, só há uma coisa que ela pode e deve dizer, e diz:

— Tá de pau duro?

O garoto, sem parar para pensar sobre (e perceber e processar e computar e entender e compreender) o que está em curso, encara corajosamente a garçonete (olhos nos olhos, quero ver) e faz que SIM com a cabeça.

E o que está em curso? O que está acontecendo?

RELATÓRIO/RECAPITULAÇÃO/CAPITULAÇÃO

Num nível estritamente corpóreo ou mesmo epidérmico (por enquanto), é uma foda que se anuncia — a primeira dele e a última dela.

Recapitulando, sem medo de soar gratuito, impreciso ou (vá lá) inverossímil: o garoto passa todo dia (ou quase) por aquela rua deserta, abandonada, perfeita para estupros, ainda que, por ali, além das mães solteiras que oferecem os cus pelos aluguéis, não haja nada nem ninguém para ser estuprado ou para estuprar. Oferta e procura nulas. O garoto trafega por ali porque gosta de passear por aquele cenário desolado e, claro, porque notou a garçonete. Não é bem o caminho para a escola, mas as mulheres passam quando passamos por elas e, bem, são mulheres. Para alguém com dezesseis anos, virgem, muito mais do que mulheres.

E a garçonete?

Ora. O conto de Hemingway com o Sueco fornece uma ou outra pista. Em outras palavras: a conta sempre chega. De um jeito ou de outro. E todo mundo se fode, seja pelo "certo", seja pelo "errado". A coisa vem pegar. Sempre vem.

Agora, a trepada.

O garoto vinha encarando as tetas dela desde que adentrou o lugar, inclusive enquanto pronunciava (ignorante disso e de quase todo o resto) a sentença de morte dela. Pequeno anjo do bem, mensageiro anunciando o mal de pau em riste sem ter consciência do mal ou do bem, e sim dos peitos dela, e aí:

— Tá de pau duro?

E ela vai se entregar a ele porque já entregou todo o resto.

A FODA

A última foda, quando sabemos que é a última, pode ser um monte de coisas. A última foda, sendo mesmo a última, e tendo-se consciência de que é a última, pode ser:

a) animalesca;
b) técnica;
c) triste;
d) animalesca e triste;
e) triste e técnica.

E é na cozinha que eles se bastam. Uma foda a princípio animalesca (mordidas com uma freqüência muito acima do razoável e mais do que razoáveis), depois apenas triste (ela trabalha o último pau que vai ter na vida jogando a boceta na cara dele num meia-nove inusitado e ele não sabe muito bem o que fazer com a coisa toda e ela fez isso menos por querer ser chupada e mais para que ele não a veja chorando outra vez) e, afinal, técnica (ela o cavalga e logo ele goza e ela se deita sobre o peito dele e, mesmo ele nunca tendo feito aquilo, a coisa toda tem cheiro e gosto de rotina).

ADEUS, ESTRANHO

Ela está com a cabeça e a alma no seu destino irremediavelmente próximo, estupidamente presente, mais palpável até do que o garoto, do que a foda, do que todo aquele maldito lugar.

Ela o beija na boca e sorri.

Ele ainda está tentando sacar o que aconteceu. Vestem-se, ela sorri e ele sorri.

Despedem-se com beijos nos rostos, ele pensando que talvez o deixem entrar para a terceira aula.

E vai.

NÃO É O CASO

Encolhida na privada, ela limpa a porra deixada na boceta com a própria calcinha e pensa se não é o caso de abreviar a brincadeira.

Não.

Não é o caso.

Esperar ali.

E que se foda.

II.

JÁ ME SINTO BEM MELHOR

Mas não é por falta de fé ou de atenção que a garota, tendo já fechado os olhos e jogado os cotovelos sobre a mesa no instante imediatamente posterior ao que a garçonete colocou à frente dela e de seu acompanhante os pratos com os sanduíches e os dois copos com suco de laranja com gelo & açúcar e perguntou a ela e ao acompanhante se queriam mais alguma coisa e ante as negativas de ambos disse com licença e voltou para detrás do balcão, enfim, não é por falta de fé ou de atenção que a garota não sabe como começar.

Quer falar com Deus, ou pelo menos tentar, mas o gosto na boca é o de quem lambeu as costas e o traseiro do diabo e engoliu a saliva. O diabo fazendo hora, como sempre. Ela sabe que até o fim da vida o gosto só vai piorar, mas exerce o seu direito de juntar as mãozinhas, fechar os olhinhos e resmungar qualquer coisa assim supostamente elevada (é, crueldade) para as próprias pálpebras fechadas: de si para si. Não que ela esteja pensando para valer em si mesma ou mesmo em Deus, não, o lance é apenas se concentrar nas palavras e ver se sai alguma coisa desse pseudomonólogo insano e pretensamente deiforme. Então, ela se arrasta ruidosamente de um canto a outro da cabeça, um salão desprovido de janelas onde cadeiras são arrastadas ininterruptamente e pequenos, quase imperceptíveis, suicídios são cometidos pelos cantos a cada sinapse desperdiçada na busca por Ela, sim, pela Palavra.

Fora dali (da cabeça da moça), o acompanhante ignora aquela (dela) posição estou-pensando-em-deus-estou-pensando-no-amor e morde o sanduíche como se fosse dar cabo dele em no máximo outras duas abocanhadas similares. E é no meio da segunda mordida (dele) que ela pensa que porra!, não lembro direito da ordem, do que vem depois do quê, de como é que se organiza essa coisa e daí que pode dar errado se eu não seguir o script direitinho, mas foda-se!, lá vai:

Painossoqueestaisnocéusantificadosejaovossonomevenha anósovossoreinosejafeitaasuavontadeassimnaterrcomo nocéuopãonossodecadadianosdaihojeperdoaiasnossas ofensasassimcomonósperdoamosaquemnostemofendidonão nosdeixeiscairemtentaçãoelivrai-nosdetodoomal, AMÉM.

No momento em que ela diz AMÉM, ele, mastigando, pensa AMÉM, e pensa ainda que falar e pensar com a boca cheia são coisas muito parecidas, a voz interior pastosa e ininteligível como seria se a exteriorizasse, sílabas cuspidas com pedaços de hambúrguer e ervilhas feito pequenos anjos verdeverdinhos, e, no que diz AMÉM, ela abre os olhos e o encara:

— Acha que eu faço?

— O quê?

— O sinal.

— Que sinal?

— O sinal-da-cruz.

— Faz quem quer.

— Não é bem assim.

— Você é católica?

— Sempre quis ser.

— Isso deve bastar.

— Tecnicamente, eu sou.

— Como assim?

— Fui batizada e tal.

— Sua mãe fez questão.

Então, tecnicamente, ela faz o sinal pensando em Jesus esbagaçado na cruz e em crianças e bebês nos braços das madrinhas enfileiradas em direção ao altar e ao líquido benzido e todos berrando que é para Deus ouvir, e no momento em que ela emnomedopaidofilhodoespíritosantoamém, como era de se esperar: nenhum milagre e nenhuma desgraça no silenciosíssimo quarteirão.

Findo o processo católico apostólico romano, ela se concentra no sanduíche, mas não sem antes atestar que:

— Já me sinto bem melhor.

VERIFICAÇÃO CÍCLICA DE REDUNDÂNCIA

Estava atrás do balcão, encalhada na página 8 d'*O castelo*, em edição vagabunda comprada uma semana antes numa banca de revistas por míseros 12 reais, e nenhuma daquelas palavras, lidas isoladamente ou em conjunto, nenhuma delas significava nada para ela, e, no entanto, comprara o livro e vinha lutando com e contra ele com todo um esforço de imersão, toda uma boa vontade para com aquela que mais lhe parecia uma língua estrangeira, incorpórea, alheia, alienígena.

Estava atrás do balcão, encalhada na página 8 d'*O castelo*, sentindo ainda as circunvoluções da própria (de quem mais?) boceta (na qual, poucas horas antes, metera o garoto) e do estômago aparvalhado diante do que logo ocorreria, quando decidiu que a trepada, sim, tinha sido boa, e, dadas as circunstâncias, só agora ela viu e viu que era (tinha sido) bom, boa a coisa, e ela pensa que não devia ter chorado — ela pensa que não, e não na frente dele.

Estava atrás do balcão, encalhada na página 8 d'*O castelo*, quando, horrorizada, percebeu que não se lembrava mais do rosto do garoto, do pau dele, sim, mas não do rosto, o rosto que beijara e lambera tanto quanto o pau, o rosto que confundira com uma simples cadeira que por acaso ou por uma piada infame (Deus?) lhe dirigira a palavra de repente (Deus...) para lhe trazer as piores notícias possíveis (Deus!).

Estava atrás do balcão, encalhada na página 8 d'*O castelo*, quando lhe ocorreu ter gozado junto com o garoto-sem-rosto que iniciara tão sem-cerimoniosamente, o rosto tomado por lágrimas, o coração dele aos pulos e a alma dele como que dependurada no pau feito uma toalha que alguém colocara ali para que ela enxugasse a sua própria; ele, tão novo e tão direto, um atropelo hormonal indeciso entre o clitóris e os grandes lábios, atabalhoado, ansioso, mas que a fizera gozar e se esquecer e se lembrar outra vez, agora para sempre.

Estava atrás do balcão, encalhada na página 8 d'*O castelo*, e sentiu as pernas estremecerem como se pedissem por mais uma visita do nobilíssimo mensageiro que lhe socara goeladentro as piores notícias e que ela tratou logo de socar bocetadentro como se uma coisa anulasse a outra, como se assim matasse o mensageiro e a mensagem e os visitantes que, bem, ela

estava atrás do balcão, encalhada na página 8 d'*O castelo*, quando o coroa bem-vestido e de cara amarrada e uma garota cujo rosto parecia tomado por todo o enfado do mundo entraram e se sentaram à mesma mesa que o garoto escolhera horas antes e pediram dois sanduíches e dois copos com suco de laranja, gelo & açúcar, e ela os atendeu e serviu e a garota, comicamente, uniu as mãozinhas e, após um momento, desandou a rezar.

Estava atrás do balcão, encalhada na página 8 d'*O castelo*, quando os viu entrando, e sentiu primeiro uma tontura imbecil, e depois uma estúpida e urgente vontade de mijar, a qual não tratou de aliviar, e respirou fundo, fechou o livro e foi até a mesa em que eles se acomodaram e perguntou, voz funda de terror:

— O que vão querer?

Está atrás do balcão, expressão esvaziada na cara, brinca de supergêmeosativar e assume a forma de uma pacatíssima vaca; já não dá a mínima — o que não quer dizer que não sinta medo ou terror ou a mesma velha vontade de mijar — e trata de se ocupar traçando linhas, umas sobre as outras, num guardanapo com uma esferográfica vermelha, enquanto pensa que pode ser a qualquer momento, que pode ser no próximo segundo, que pode já ter sido, e que bom seria se já tivesse sido!

Mede-se o tempo com a Luz. Ela viu a Luz quando montada no garoto, um pouco antes e um pouco depois.

Seu tempo é mesmo curto, afinal.

PRIMEIRO, RAPIDAMENTE

Lote cercado por pedaços de muro. Lados inteiros caídos para dentro ou para fora, montes de tijolos quebrados, um lixão logo adiante disfarçando o cheiro de mijo e de vômito que ela exala. Ela: ajoelhada no fundo do lote. Acabou de se ajoelhar. A garota em pé logo atrás dela. O coroa sequer saiu do carro e pensa seriamente em acender um cigarro no momento em que é dado o primeiro tiro. No alto da cabeça. Estilhaços de dentes e de crânio voam direto para o chão e para os lados. Colorindo o mundo e a vida. Outros cinco, todos nas costas. A garota dá meia-volta, até o carro e é bye-bye.

AGORA, COM ALGUMA CALMA

No que as pernas não responderam de todo, foi arrastada primeiro para fora da lanchonete, depois para o carro, e de carro até o meio do nada, e, uma vez no meio do nada, para fora do carro, quando se desequilibrou e deu com as fuças direto na terra, e

— Porra!

vomitou um portentoso jato amarelesverdeado justo nos pés da garota que já a puxava pelos cabelos a fim de colocá-la de pé.

Caminhou molemente, empurrada pela garota, olhando estritamente para o chão, os neurônios enlouquecidos a ponto de se ver e se sentir atravessando um corredor polonês particularmente ensandecido, uma turba logo acima numa espécie de arquibancada improvisada sobre os restos do muro, vaiando e gritando. Não levantou a cabeça por nada, e a multidão de espectadores só calou no momento em que sentiu o cano da arma no alto do crânio, entendendo que, estourada aquela cabeça que habitava e contra a qual zurrava, ela, multidão, desapareceria também.

Não fechou os olhos.

Arregalou-os até o embaçamento total das vistas, gradativamente cega até o estouro fatal.

UMA FLOR QUE SE ABRE

Uma flor que se abre: para quem observa assim de fora, a impressão é de que a cabeça estoura de dentro para fora, o que é verdade, na medida em que a bala, tendo entrado no topo do crânio, sai detonando a mandíbula e o que mais houver abaixo numa festa barulhenta de cores e de sons e de líquidos.

GÊNESIS

Os cinco tiros nas costas: nada que os justifique, certo? Não. Imagine a Criação. Tivesse Deus dado conta de tudo no primeiro dia, teria os seis dias seguintes para foder com a coisa toda. Porque, e isso só Deus sabe (e agora eu e você), a perfeição é indecente. Por mais que a Criação tenha inaugurado um processo complexíssimo que, no nosso planeta de merda, redundou, num dado momento, no *Homo sapiens*.

Então, a garota e a garçonete: duas *Homo sapiens*. Uma explodindo, a outra sendo explodida. Ambas (convenhamos) não muito satisfeitas com a situação. Daí que talvez seja o caso de rever o termo INDECENTE. No caso específico do que está sendo narrado, INDECENTE seria:

a) o crime (homicídio);
b) a causa do crime (ignorada);
c) o fato de a garçonete, sentada na privada depois de trepar com o garoto limpando a porra deixada nela por ele, ter optado por esperar;
d) os tais cinco tiros, todos dispensáveis (nada profissionais, portanto);

e) T.D.A., incluindo a mais anterior de todas ou a anterior a todas elas, isto é, a Criação.

GABARITO

Caso o leitor tenha assinalado a letra "e": então, estamos conversados, pois é exatamente disso que se trata.

E DO QUE É QUE SE TRATA, AFINAL?

Aquilo de enxergar uma escrotidão desgraçada em tudo e todos. Todos animais. No caso específico do que está sendo narrado: trata-se de NÃO dar o fora, de levar um tiro na cabeça e outros cinco no lombo, de assistir à própria assassina juntar as mãozinhas e rezar antes de comer, de, enfim, celebrar toda a aventura e beleza e grandiosidade humanas inerentes a todos esses momentozinhos.

EM RESUMO

Em resumo, toda a Criação resumida a um dedo que aperta o gatilho e a uma cabecinha que explode, e

AMÉM

Amém.

Seis perfurações de balas, o corpo todo bem detonado. Especialmente a cabeça, espalhada pelo lugar: um lote abandonado, muro caíderrubado aqui e ali. Fragmentos de dentes e do crânio perto do muro e no próprio muro, no mato, na terra e pelo ar (respire fundo e tire a prova). As costas muito bem premiadas, cinco furos atrás e um enorme na frente. O tronco grudado no chão de tal forma que não se sabe o que é roupa, o que é couro, o que é carne, o que é terra. Uma mulher. No lugar dos peitos, a tal cratera. Vestido de terceira, deixaram os sapatos: execução. Os joelhos dela, ela se ajoelhou e então BANG, primeiro uma (cabeça), depois cinco vezes (costas). Os joelhos dela e a terra remexida debaixo deles, como se os usasse para cavar a própria cova. Menos de quarenta anos. Traseiro mais ou menos firme. Branca, sem calcinha. Foram profissionais. Longe do centro, de qualquer lugar habitado, junto de um lixão. O lugar em que ela teve lugar. Um professor de Biologia e sua turma em excursão pouco ortodoxa ou ortodoxa demais pelos próprios dejetos. Um casalzinho desinteressado escapuliu até o lote. Ele chupava os peitos dela, escorados num pedaço do muro, quando ela viu. Um corpo detonado de mulher, pedaços dele e de coisas dele (do corpo) por todo lado: fisiologia ao invés de ecologia. Céus e terra passarão, mas cérebro, sangue, couro e vísceras — não. Claro que ela gritou, e, no que gritou, assustou o rapaz que, assustado em pleno ato de sucção, sugou com mais força do que deveria — o que a fez BERRAR. Ela, com ânsia de vômito, e ele, com os olhos no cadáver e o gosto dos peitos ainda vivíssimo na boca, e ela quase se esquecendo de abaixar a blusa porque a turma vinha correndo, o professor atrás pedindo calma gente calma. A polícia chegou meia hora depois de chamada, falou com o rapaz, com a moça e com o professor e depois mandou todo mundo dar o fora. Corpo e coisas transportados pro IML. Enterrada como indigente dias depois. O tipo de coisa que acontece, que todo mundo quer e não quer ver e saber. Evento orgânico em mundinho de plástico.

DESDE PEQUENOS NÓS COMEMOS SILÊNCIOS

A mesa posta e meu pai nem aí. Estranhei, todo mundo estranhou. Não vai comer? Ele tossiu, careteiro. Que fome? Nós o deixamos na sala, sozinho, na frente da TV. Comemos rápido e em silêncio. Ninguém olhava para ninguém. Terminei primeiro e fui para a sala. Meu pai não estava mais lá. Fui em todos os cômodos e nada. Chamei os outros. Como assim sumiu? O cachorro foi o primeiro a notar a janela aberta. Minha mãe a fechou com força no momento em que o interfone começou a tocar.

VOCÊ NÃO QUIS DIZER NADA

(1.)

Está passando da hora de dar o fora dali. Ela sabe que a mãe vai encher o saco e mesmo assim não dá a mínima. Sentada na beira da cama, calça um tênis e depois o outro e quando termina esfrega o rosto com as duas mãos pensando que ganharia muito mais se fechasse as cortinas e se livrasse de toda a roupa e dormisse até a próxima era glacial, a qual, conforme um texto complementar do seu livro de Geografia, pode não estar tão distante assim. Olha o céu cinza-claro, as pontas de um ou outro prédio e o barulho um tanto disperso, longe, da zorra urbana lá embaixo. Um diabo de dia feio de dezembro, o mundo a duas semanas do Natal e ela a três passos da janela.

Ela abaixa a cabeça e encara o chão.

(2.)

A mãe, sentada à mesa, folheia uma *G Magazine*, assinatura-presente do pessoal da repartição. Não teve coragem de recusar.

Vai se atrasar, diz.

Enfeada por duas décadas de um casamento falido, cretinizada por centenas de livros de auto-ajuda, encurralada por uma filha tão visceralmente oposta a si e seca por dois maços diários de cigarros de terceira, ela encara cada pau em cada foto da revista com aquele nojo medido e distanciado facilmente traduzível na mais franca frustração. Em outras palavras: com saudade do que nunca teve de fato, posto que sempre agiu como se não precisasse (realmente, muito) daquilo. Não que seja ou tenha sido estúpida. Ela apenas nunca soube nem procurou saber do que, de fato, precisava.

Por que demorou?

Tava na janela.

Ela vê a mãe de um jeito que a mãe não se vê. Mas o problema é que, mesmo vendo o que vê, ela não dá a mínima ou ainda não sabe que dá.

Na janela?

Toma um gole de suco e: É.

Fazendo o quê?

Outro gole antes de: Pensando.

Pensando?, e ela tenta fingir que não se importa.

É. Pensando.

Pensando no quê?

Mastiga e engole uma bolacha. E desfere o xeque-mate: Pensando em pular, ué.

(3.)

Uma bem aparada barba grisalha. Um bem-apanhado jeito de ser e de falar e coisa e tal. Terno claro sobre camisa azul-marinho. Um aquário na sala de espera. CDs de jazz e de música clássica.

Eu não queria ter vindo.
E por que veio?
Minha mãe.
Ela te obrigou?
Mais ou menos.
Breve silêncio de "humm".
Quer falar dela?
Ela sorri. Falar?
Não tem o que falar.
E suspira. Outro breve silêncio de "humm".
É um saco isso, diz, mais de si para si.
O quê? Falar?
Às vezes. Eu nunca gostei. Nunca quis dizer nada.
Você nunca quis dizer nada?
Nem sempre interessa muito.
Para quem ouve?
Não. Pra quem fala.

Ele sorri. Está realmente interessado nisso? Duzentos paus a hora. Mais ou menos. Ela sorri. Ela tem uma idéia e sorri. Ele talvez saiba que ela teve uma idéia. E continua sorrindo. Daí que ela pára de sorrir. E diz:

Meu pai. Meu pai é meio louco.
Pausa. Suspira.
Ele abusava de mim.
Que segurança é essa na voz, que destemor?
Dos meus seis anos até os catorze. Entende?
Ops. Não mais silêncio de "humm".

(4.)

(Senhor Deus. Não sei se acredito no Senhor. Sou muito nova ou muito cretina pra acreditar no que quer que seja. Mas não tenho mais nada e vou Lhe falar assim mesmo. É maravilhoso não ter que explicar nada. Hoje eu menti, mas e daí? Uma mentira que veio de lugar algum, assim como eu, como o Senhor, como todo mundo. Hoje, como todos os dias, eu também quis uma morte que não veio de lugar nenhum nem irá a lugar algum. Sou igual a todo mundo, por que não? Não importa. Importa é que cheguei a alguma verdade graças a essa mentira, como se minha dor e minha estranheza ganhassem um corpo e um nome e agora eu pudesse sair com elas por aí, de mãos dadas. Meu pai que me perdoe, não o Senhor. Senhor Deus, estar triste é muito feliz, e então eu não entendo mais nada.)

(5.)

Estava com o namorado?

Não. Cinema.

Viu o quê?

Uma comédia.

Engraçada?

Nem sempre.

...

...

Seu psicólogo ligou.

...

Que merda você foi dizer pra ele?

... Eu não sabia... não tinha o que dizer.

Que ficasse calada, então!

...

Por que... por que você não disse o que acontece?

E eu lá sei que merda acontece?

...

...

Na minha cidade, tinha uma louca que tirava toda a roupa, sentava num banco de praça e declamava poesia aos berros até a polícia chegar.

Eu odeio poesia.

E gosta do quê?

(6.)

O pai. Em muitos sentidos, e não apenas nos óbvios, o oposto da mãe. Não tão humano, por exemplo. E previsível. Sempre o mesmo restaurante, nas mesmas datas (primeira quinta-feira de cada mês) e vinte minutos atrasado.

Lendo o quê?, e a beija na testa.

Hegel.

Não é muito nova pra Hegel?, sentando-se.

Ele que é muito velho pra mim.

O pai sorri. E a observa marcar a página e fechar o livro com gestos exageradamente lentos.

Triste?

Mais ou menos.

Consegue comer?

Um sorriso: Nunca se sabe.

Sua mãe dizia isso o tempo todo.

Ainda diz.

Quando?

Quando não tem o que dizer.

Arroz branco. Peito de frango empanado. Suco de acerola. Salada. E o pai diz que: Estou namorando.

Gosta dela?

Mal a conheço. Pode ser que sim.

Ela sorri. O que mais poderia fazer?

Desde que eu e sua mãe nos separamos eu estava sozinho.

Até antes. Não?

O suco aguado. Fritaram demais o frango. Sempre comem ali porque é o restaurante mais próximo do consultório dele. E o pior num raio de oitocentos mil anos-luz.

Minha mãe me fez ir a um psicólogo.

Eu sei. A conta vem pra mim.

Ela tem me achado estranha.

Como?

Diz que não consegue conversar comigo.

E desde quando isso é importante?

O quê?

Conversar com você. Isso é tão importante assim?

Acho que não.

Alfaces desidratadas.

Falei pro psicólogo que você abusou sexualmente de mim. Dos meus seis aos catorze anos.

O pai sorri: E se arrependeu?

De ter mentido? Não.

Então qual é o problema?

Ele está certo. Ou não. Mas é seu pai.

Continue estranha, ele diz.

Como não?, ela pensa. E sorri, pesada como nunca.

(7.)

A porta da sala destrancada, a mãe não está na cozinha. Ela caminha por todo o apartamento. No seu quarto, dá de cara com a janela escancarada. Senta-se na cama. Quer gritar. Então, um som de descarga e a mãe sai do banheiro arrumando a saia. Ela encara a mãe, lívida:

Pensei que você tivesse pulado.

Ao que a mãe: Nunca se sabe.

Para a Val.

MARX & ENGELS

She spoke in dialect I could not understand
But one thing she made clear
There was no coming on to her
There was no way

"Marx and Engels", Belle and Sebastian.

A garota tentava converter o garoto, mas o garoto só pensava que mais valeria se parassem logo de jogar conversa fora e. Queixo redondo, os seios grandes para a idade. Lia aquelas tralhas porque a tia. Bem-vinda aos anos 1990. Dezesseis anos, meio cabeça-dura. Não ligava o Nirvana a Cobain. Criticando tudo o que ele. Minha tia isso. Redondos, duas grandes cúpulas de igreja. Minha tia aquilo. Pára de ouvir essas coisas! Marx escreveu que. Criou coragem e meteu um dedo nela. Pára de usar essas camisas de flanela cretinas, esses bermudões de merda! Não era virgem. Pára de ver essas porcarias que só te deixam mais bitolado! Fez de novo na tarde seguinte. Assistiam ao VT da abertura dos Jogos Olímpicos de Atlanta. E na seguinte. Não é por acaso que Kurt se acabou. Os mesmos movimentos. O messias grunge todo estourado. E na seguinte. Ele se deu um tiro, nem ele agüentou. A tia, uma professora universitária pirada. Tentou com dois dedos. Os índios de não sei onde e as ações afirmativas e os movimentos sociais. Ela gemeu alto, o apartamento só para eles. As pessoas precisam saber. Assistiam à reprise de. A tia sempre viajando. Uma telenovela ruim. O segundo dedo fez com que ela. Por que estamos vendo essa merda? Erguesse um pouco o quadril. Foram para o quarto, para a cama dela, que: Deixei a TV ligada. Ele chamou o seio esquerdo de Marx. Ela sorriu. Ele chamou o seio direito de Engels. Ela sorriu. Marx & Engels. E ela riu.

ACHO QUE AGORA NÃO FALTA NINGUÉM

Meu pai morreu no comecinho de agosto. Eu me lembro que foi em agosto porque foi no mesmo mês em que eu e a Talita começamos a namorar. A gente começou a namorar num domingo e meu pai morreu na quarta. Eu me lembro que era quarta porque foi num dia em que eu tinha ido ao banco, e eu sempre vou ao banco às quartas. Eu estava na fila quando meu primo entrou com a cara mais horrível que eu já tinha visto. A gente tem que conversar, ele disse.

Eu fico realmente admirado com as coisas que a gente diz. Porque eu sorri e disse:

— Que foi? Alguém morreu?

Aí meu primo começou a chorar.

Ele gostava muito do meu pai, acho até que mais do que eu. Meu pai era padrinho dele e os dois gostavam de pescar. Saíam pra pescar em quase todos os feriados. Quanto mais longe iam, mais gostavam, porque voltavam cheios de histórias e, às vezes, com alguns peixes. Não eram bons pescadores, mas se divertiam pra valer. Eu nunca me diverti com meu pai. Mas não quero pensar nisso agora.

Quando meu primo começou a chorar ali, no meio do banco, eu cheguei a pensar que era o pai dele que tinha morrido. Abracei o infeliz e disse algumas daquelas frases imbecis de ocasião, tipo "tudo vai ficar bem", "relaxa" etc. e tal. Então, no meio daquele choro todo, ele conseguiu erguer o rosto do meu ombro e dizer:

— Seu pai, Guilherme... seu pai...

Lembro de ter pensado o que seria mais conveniente eu pensar naquele momento, e de constatar sem muita dificuldade que tudo o que eu sentia era uma puta necessidade de sentir alguma coisa.

Saímos do banco e eu liguei pra Talita. Ela já sabia e já chorava. Eu me senti extremamente cansado ao perceber que boa parte dos habitantes do meu mundo estaria chorando naquele exato momento e que eu teria pela frente uns bons dias do pior teatro que há, e tudo o que eu desejava era, sinceramente, estar no lugar dele.

Do meu pai.

Por pura preguiça.

* * *

Talita me abraçou com força e, num segundo, a foto ficou pronta: dois estranhos num abraço mais estranho ainda. É, a gente tinha acabado de terminar e aquilo tudo era grande demais, estranho demais, rápido demais, morto demais.

Eram uns dias em que todo mundo sofria por razões maiores. Pelo meu pai, por exemplo, e ela sofria por isso também. Ela vivia sofrendo por alguma coisa.

A gente pegou as fotos, ela me deu uma e guardou as outras, não sem antes perguntar:

— Quer?

Sentamos num banco, perto da saída. Faltavam umas duas semanas pro Natal, todo mundo estava por ali comprando qualquer coisa bastante necessária pra alguém fatalmente desnecessário. Disse isso pra ela simplesmente porque não tinha mais nada pra dizer.

— Não seja cretino.

Ela dizia que eu tinha perdido a fé nas coisas, mas eu nunca tinha tido fé em coisa alguma. Sempre tinha me sentido a bosta viva flutuante dos mundos, a criatura escarrada de um pai já morto e de uma mãe não-viva, o tragicômico desajeitado, o chato por trás dos livros grossos debaixo do sol quente do recreio.

E a Talita ali, encolhida, alheia, terminada, mas não pronta.

E a gente tinha terminado! Então por que ela não ia embora? Por que ficava ali, junto comigo, aquele ar de perdidaça?

Resolvi botar pra foder:

— Então eu acho que já vou.

Ela me olhou lá do fundo:

— Por quê?

Eu não entendia:

— Ainda tem alguma coisa pra gente conversar?

— Não, mas e daí?

Porra, e daí?

— Porra...

— Como "porra", Guilherme?

— Sei lá. A gente terminou, não foi?

— Foi.

— Então...

— Então o quê?

— A gente devia ir pra casa, cada um pra sua, se trancar no quarto e chorar sozinho um bocado, não acha?

— Eu não choro sozinha.

— Então chora do jeito que quiser.

— Não foi o mundo que acabou, foi?

— Tô cagando pro mundo, Talita.

— Eu sei. Você acha que eu não tô sofrendo, né?

— Não sei.

— E que merda você sabe?

— Não quero saber de nada.

— Tá se escondendo atrás do seu pai.

— Meu pai morreu.

— Exatamente.

— Eu venho antes disso. Tudo o que eu sou vem antes disso.

— E vem desde quando?

— Não importa. Importa que já encheu.

— Você sempre soube sofrer. Por que não tá sabendo agora?

— O que você sabe disso?

— De você não saber?

— E de você saber.

— Eu sei o que você sabe, mas parece que dói mais em você do que em mim, Guilherme.

— E isso também é minha culpa?

— Nada é sua culpa! Seu pai morto não é sua culpa!

— Nunca pensei que fosse.

— Isso já acabou.

— Claro. Ele morreu, né?

— Não por isso. Não acabou porque ele morreu.

— E por que acabou?

— Porque eu olho pra você e vejo isso, cara. Vejo escrito: FIM.

— E o que é que eu posso fazer?

— Você não vai querer que eu responda isso, vai?

— Você não sabe?

— Como é que eu poderia saber?
— A gente terminou hoje.
— Pior que isso: *você* terminou.
Terminado, mas não pronto.
— E o que mais eu poderia fazer?
— Calar a boca. E eu também.
— ...
— Se chovesse, talvez ficasse melhor.
— Por quê?
— Pelo menos ia estar acontecendo alguma coisa.

* * *

Quando eu era criança, minha mãe era aquela senhora despudoradamente alegre que me esperava voltar da escola escondida atrás da porta com uma banana em uma mão e um iogurte na outra. Eu ainda não havia adquirido o medo saudabilíssimo das coisas sem nome, até porque, então, eu ainda tinha um nome, Guilherme. Quando chamavam "Guilherme", eu sentia toda a segurança do mundo pra me voltar e dizer: "Sim?".

Falei sobre essas coisas com Talita, num pós-coito. Ela me olhou com pena. E eu senti uma bruta vontade de recolher a porra que tinha jorrado dentro dela e em cima dela e dar o fora de tudo o mais rápido possível.

— O que você quer?

Ela me deu um beijo apaixonado e sombrio.

* * *

O inferno chegou tarde. Eu já estava suficientemente mal pra me comover com o FIM. Eu me lembrava das coisas com a exatidão de um louco. Dava unidade a uma série infindável de icebergs isolados, cada qual numa ponta do mundo afundando um navio maior que o outro, maior que o próprio mundo. Eu era o gelo que os unia, resumia, definia. Eu definhava ante a promessa de "fazer sentido". Sabia que, ao "fazer sentido", seria engolido por um buraco negro com o tamanho da minha cara e o tamanho da minha fome.

Hoje faz três dias que eu e Talita terminamos.

Meses que papai morreu.

Por que chamá-lo, justo agora, de "papai"? É esta a minha ironia sem igual, dando aos mortos nomezinhos impensáveis e aos vivos significâncias esdrúxulas. Ironia sem valor em si, mas valorosa para si. Eu me percebo agora, sim, mas, ainda que me percebesse há anos, isso de nada adiantaria. Poderia perguntar ao meu primo se poderia sê-lo, agora que meu pai já não é. Talvez tivesse valor encarnar alguém que traz em si uma dor sincera não por alguém, mas pela morte de alguém. Porque meu primo não sente por meu pai, sente pela morte do meu pai. Sente não pela coisa, mas pelo acontecimento com a coisa. Para ele, a coisa sozinha não é nada, bem como não é nada o acontecimento isolado. Importam, sim, indissociáveis, coisa e acontecimento: o pai morto, o pai e sua morte, o pai em sua cova, o pai e o adeus, o pai enterrado, o pai que já era, o pai e seu órfão, o pai e sua viúva, o pai e seu inferno, e é onde chegamos.

Onde?, não sei se ao pai ou se ao inferno.

* * *

Talita atendeu ao terceiro toque:

— Guilherme?... Cê tá bem?

— Mais ou menos.

— Você não devia ter saído daquele jeito. Quer dizer, eu também não devia ter... falado daquele jeito. Assim... foi tudo uma merda naquele dia. Nem me lembro... nem me lembro por que a gente começou a brigar.

— Eu sei. Me diz... o que você quer?

— Eu... eu quero o que eu não quero.

— E o que você não quer?

— Querer.

Silêncio. Talita:

— Ainda tá aí?

— Acho que tô.

— Ótimo. Acho que agora não falta ninguém.

NOTAS PARA QUANDO O MUNDO EXPLODIR

"De súbito, ficamos terrivelmente sós — e, sós, tínhamos que nos livrar de toda esta embrulhada."

Nada de novo no front, Erich Maria Remarque.

Miguel, Ângela e eu nos masturbávamos juntos. Lembrei-me disso ontem de manhã, tomando café. Eu e Miguel perdemos a virgindade com as putas, mas Ângela perdeu a dela com a gente. Foi num hotel caindo de podre, no centro da cidade. Noite gloriosa, toda de Ângela. Tudo bonito, simples e engraçado, se é que se pode falar de uma (primeira) foda nesses termos.

Miguel sentou-se à mesa com um sorriso estatelado na cara. Mastigou dois pães, tomou café puro, disse olá, disse bom-dia, perguntou à mãe como ela tinha passado a noite. Portou-se corretamente, quase um exemplo a ser seguido. Esteve em deus e deus nele.

Miguel parou defronte o espelho e começou a escovar os dentes. Sorriu de si pra si. E cuspiu com imensa alegria. Miguel teve certeza. Não pelo espelho, ou pelo café, ou pelo que quer que fosse. Teve certeza e não se afligiu. E estava tão certo.

(Dia desses, andando no terraço, me peguei pensando em Miguel. Eu não tenho uma arma. Algum prédio suficientemente alto? Às vezes, eu me sinto tão mal que o melhor seria pular duas vezes. Existe humor nisso. Sobe, pula e se estatela. Uma. Levanta-se, sobe, pula e se estatela. Duas. Lá e cá. Lá e cá.)

(Eu me levantarei. Não está escrito, mas eu me levantarei.)

Miguel se levantou. Mas foi só o tempo de cair outra vez. A última, provavelmente.

Mas aqui será o primeiro dia. A professora terá me colocado na primeira carteira da primeira fila, à esquerda de quem sai. A sala será imensa e escura pelo resto da vida. Fora, pela janela, verei mangueiras, quadras, bolas, moleques, freiras. Todos à minha espera, mas eu não irei. Aterradoramente sozinhos, nós nos bastaremos. E diremos uns para os outros e para nós mesmos: Ah, não vamos precisar de mais nada. E durante tanto, tanto tempo, isso será a mais pura expressão da verdade.

(Foi Miguel quem me deu a idéia de escrever algumas coisas. Não que ache legal o que você escreve, ele disse. Mas pelo menos ninguém vai dizer que você nunca fez nada. Estava certo, claro. Em se tratando de mim, Miguel estava sempre certo. Não era muito inteligente, não lia, conversava cretinices a maior parte do tempo, mas estava sempre certo a meu respeito. Desgraçado.)

Nossa primeira viagem, minha e de Miguel, perdidos onde quer que fosse aquele lugar. As putas escoradas no balcão, esparramadas pelas mesas. Escolhemos uma e subimos. Quarenta e alguma coisa, os lábios da boceta inchados, vermelhíssimos, fugindo calcinhafora. Ela nos olhava de um jeito engraçado, quase com pena, enquanto tirava a nossa roupa e a própria. Deitou-se na cama, abriu bem as pernas e disse: Cabe meio mundo aqui. Eu não ia duvidar de uma coisa dessas, nesta vida ou na outra, jamais.

Um amigo tinha um cachorro cujo nome era Sua Mãe. Eu tive essa senhora, saudoso Miguel. Adivinhe o nome dela. Não é nem o inferno, cara. Foram as visitas. Porra, ter um amigo que estoura a cabeça aos dezesseis é uma viagem que eu nunca quis pra mim. Queria outras coisas, ditas ou não. Você me ouvia? Então eu me entreguei ao prazer necrofílico de ir à sua casa uma ou duas vezes por semana. Nem me lembro dos detalhes. Talvez não tenha havido detalhes. De fato, a primeira coisa que a gente deixou de lado foram as sutilezas. Não por acaso, minha primeira foda com a *sua* mãe foi na *sua* cama. Olhando fotos. Lembra dos joelhos dela? Da sua mãe. O álbum estava no colo dela, eu vidrado nos joelhos. A primeira chupada que eu dei nela foi nos joelhos. Ela sorriu. Juro. E gemeu como se eu fosse feito pra ela.

Sua mãe foi embora em um mês de junho. Disse que não tinha mais nada pra ela nessa cidade. Viúva, o filho morto. Me olhei no espelho e vi que ela tinha razão. Dei uma mão na hora de fazer as malas. Ela me beijou de leve na boca e me chamou de lindinho. A gente trepou uma última vez, a melhor de todas, e ela me deu um conselho de mãe: Tenta não se matar, garoto. Eu olhei pra ela como se prometesse alguma coisa. Nesse momento, ela fechou os olhos. E pareceu que não ia abrir nunca mais.

O hotel tinha sido reformado, estava bem mais limpo, não havia mais putas nas calçadas da vizinhança: tudo muito pior. Cheguei cedo, aluguei o mesmo quarto que da outra vez e avisei ao recepcionista que uma amiga ia chegar. No quarto, tudo novo, a cama, os azulejos do banheiro, a tinta nas paredes. Sentei na beirada da cama e esperei. Ângela entrou sem bater. Eu me levantei e nos abraçamos. A gente se beijou na boca como dois velhos amigos, e depois trepou feito dois velhos. Gozei dentro e não tirei. Ficamos um tempo quietos, eu sobre ela, e ela então: Me chupa os peitos. Tirei sem cuidado e fui com a boca onde ela tinha pedido. Ela encolhia os ombros, deixando os seios, pequenos, mais à minha boca, e eu os chupei por não sei quanto tempo. Até que, de repente, uma sensação bizarra me percorreu inteiro, não era bem um arrepio, e eu gozei nas pernas dela sem parar de chupar, e, nem sei bem por quê, me senti totalmente podre, cretino, ridículo. E chorei. Os peitos dela na boca, o gozo ainda me estremecendo as pernas, o corpo todo, e chorar assim, tão facilmente, tão imbecilmente, como se precisasse daquilo,

e foi aí que ela começou a falar, e disse:

Lembra do enterro? A gente não se falou, não disse merda nenhuma um pro outro. Isso foi ruim, foi ruim pra caralho, porque eu queria, porque eu queria ter dito uma porrada de coisas, um monte de coisas pra você, porque eu sabia que a gente nunca mais ia ver o outro e se ver daquele jeito, daqueles jeitos, tinha que ser amor, nada grande, nada demais, só amor, o amor pequeno como esse que cabe aí na sua boca agora, esse tipo de amor, o único tipo, mas o Miguel morreu e a gente não, e eu não consigo deixar isso tudo, e isso tudo já morreu também. Estive longe tanto tempo, mas isso nem é importante. Ninguém cresce aqui ou lá fora, ninguém chega a lugar algum. Miguel não chegou a lugar algum, por que a gente haveria de chegar? Mas, de repente, acordei um dia desses me sentindo um pouco melhor. Dá pra entender? Pela primeira vez em não sei quanto tempo eu respirei um pouco e senti que estava fazendo isso, respirando. Não é lindo isso? Porra, isso tem, tem que ser lindo. Então eu achei que devia te ver. Porque, em algum momento, há muito tempo atrás, tudo o que a gente fazia era isso: se ver. E agora? O que você vê?

É isso o inferno? Ah, o inferno. O inferno de verdade não chega nunca. Gravidade zero, os olhos lançados pra fora, e o que é que nós temos? Um pouco de força ainda. Um nada de ânimo. Assustados, mas olhando sempre adiante, sempre à frente. E o que está à frente somos nós mesmos: os mesmos. Nenhuma novidade porque não estivemos em lugar nenhum, nem vimos nada de novo, não vimos ninguém.

Ângela soca o próprio nariz. É aniversário dela. Miguel desanda a rir. É uma porra de noite longa, só isso. Pra que isso?, pergunto a Ângela. Ela resolve não tomar mais nada. Porra nenhuma: Nunca mais! Mas isso não tem nada a ver com porre. Penso que é mais um desespero saindo, sei lá, pelos punhos. O que eu queria era fazer alguma coisa, ela diz. No banco de trás, ela sobre mim, o sangue do nariz vindo direto na minha cara, nos meus olhos e na minha boca, ela não pára de sangrar. Ciente da pertinência de se portar bem durante uma trepada, haja o que houver, fecho os olhos e me concentro na coisa em si. Quero passar a noite aqui, ela diz. Pode passar a noite onde quiser. É seu aniversário, eu digo. Não é mais, ela diz balançando a cabeça, já é meia-noite e sete. Gozo na sua carinha de criança doente, triste aniversariante post-mortem (meia-noite e nove), e saio do carro. O mundo aqui fora. Miguel está bêbado, mas não quer ir embora. Ele nunca quer ir embora. Lembra quando Jesus ia voltar?, ele pergunta, mijando perigosamente próximo do carro. Eu me lembro, claro, mas não digo nada.

VERIFICAÇÃO CÍCLICA DE REDUNDÂNCIA

Ela pediu a ele que esperasse. Que eu esperasse, você:

— Espera — eu pedi a ele.

Nenhum motivo para pedir, mas no momento eu tampouco lhe ouvi pedir e só depois, repassando a coisa toda, reinventando o episódio, só depois é que fui ouvir a sua voz dizendo assim que eu esperasse. Sabe o prédio atrás do teatro? Num beco agora limpo e outrora imundo e pelo qual ele sempre passava, alta noite, voltando da aula. Ela parou junto à porta do apartamento e pediu a ele que esperasse enquanto procurava pela chave. Minha maldita chave afundada entre trocentas coisas desnecessárias e eu pedi que ele esperasse.

— Não tô achando.

Agora, sim. Coisa que naquele momento (sim) eu ouvi e pensei (naquele momento) que um pouco antes você tivesse pedido que eu esperasse, mas então eu não tinha certeza. Audição-memória retrocedendo como a sua saia retrocedeu quando você meio que se abaixou fuçando na bolsa forçando a perna (esquerda?) um pouco adiante e:

— Aqui.

Duas chaves no chaveiro, uma na fechadura, eu esperando que a porta rangesse mas a porta não rangeu. Ela o beijou fechando a porta no escuro frio da janela aberta da sala que eu esqueci aberta e fechou a porta com a chave enquanto me beijava. Eu o beijei e no meio do beijo a lufada gélida da maldita janela que esqueci aberta e eu disse:

— Ainda bem que não choveu.

Em dias de chuva nos trancamos também, como daquela outra vez em que depois de toda a bagunça e cansaço e tristeza do velório do seu pai nos deixamos ficar ali por quanto tempo mesmo? Só a morte nos completa, eu disse a ele na manhã seguinte ao enterro. Bem cedo enquanto me acordava me masturbando lágrimas pingos espirrados esborrachados na janela e ambos com um pouco de frio e sem nenhuma vontade de sair por dias e dias e dias. Na manhã seguinte ao enterro do pai, ela acordou chorando e se virou e o viu dormindo ao seu lado na cama e tendo notado sua ereção o masturbou despertando-o assim enquanto ele limpava suas lágrimas com as palmas das mãos e lhe beijava os seios descobertos e lhe dizia que tudo bem, tudo bem, e gozou sem avisar em sua mão e no colchão e no cobertor e na própria barriga no que ela continuou a masturbá-lo e fizeram amor e se trancaram no apartamento e fizeram amor e choraram por dias e dias. Ele gozou dentro de mim por dias a fio mas não engravidei:

— Ainda bem.

Ainda bem, mas talvez eu. Eu acho que você queria. Eu queria, quis: ainda quero. Não, eu não. Sei.

Sua perna eu queria ver outra vez como lá fora antes de entrarmos enquanto você procurava a chave na bolsa. Ela lambeu o pescoço dele sem o menor senso de direção e ele a ergueu sem o menor senso de gravidade: dois no chão, você rindo mais que tudo. Mais que tudo. Machucou?

— Não sei.

Que nada. Antes, claro. Quando ele foi e me deixou ou será que eu o mandei ir? Não posso perguntar a ele, foram aqueles dias tão confusos. Eu fiz aquilo, eu sei o que fiz, que merda. Um erro. Ela o traiu e o mandou embora. Por que você me mandou embora? Não era pra ele ir, eu mandei, eu sei, mas. Culpa sobre culpa, erro sobre erro. Eu te perdoei, mas não depois. Agora ele não sabe. Eu nunca soube tão pouco quanto agora.

Mas ele não disse nada a ela além de "Olá" agora há pouco quando por acaso:

— Não sabia desse bar.

— Nem eu.

À porta aberta da geladeira ele contou sete ovos, uma caixa de leite, duas latas de cerveja e eu com vergonha vendo ele contar. Mas eu fiz um esforço tremendo e tremendo ele ficou como se estivesse tendo um troço no momento em que quase quase e eu pedindo sorridente que ele não descarregasse a coisa toda na minha boca aberta nos meus dentes. Era só um copo d'água o que eu queria mas você se abaixou. Quando me sentiu tremendo você abriu os olhos e sorriu com eles e com seus dentes e pediu:

— Calma aí.

Respirou fundo me segurando enquanto você. Ele parece que respirou fundo tentando conter a coisa, mas agora tudo bem. Eu me levantei e dei água pra ele. Ela me serviu água, meio copo gelada, meio copo natural.

— Bebe logo. Vem.

Se eu tivesse feito e ela tivesse engolido, aí seria alguma coisa, claro, mas aí também seria outra coisa. Aquela velha coisa. Porra não me apetece, mas eu o trazia pela corredor escuro com o membro ainda exposto até o meu quarto. No corredor escuro até o quarto dela, ela acendeu a luz do quarto e a do banheiro e eu me sentei na cama. Você entrou no banheiro. No banheiro eu entrei, a porta aberta às minhas costas, e eu não pensei mesmo em nada disso. Meu coração parou quando você entrou no banheiro e levantou a saia e abaixou a calcinha e sentou na privada e começou. Ele sentado na cama diretamente para ela sentada no vaso diretamente para onde? Eu levantei o vestido e abaixei a calcinha e quando me sentei foi que o vi e me lembrei da porta aberta e aí já era tarde. O sorriso dele. O sorriso dela. O seu sorriso. Sorride, sorridentes. Você começou a mijar e mijou e se limpou e fez tudo isso me olhando com um sorriso comum e raso e bonito. Meu coração parou e eu não estou falando do meu pau. Ela levantou o vestido e abaixou a calcinha e sentou e olhou para ele sorrindo e ele começou a ouvir o mijo e também sorriu e disse:

— Beleza — eu disse a você.

E ela:

— O quê? — eu perguntei quando ele me disse sorrindo "beleza".

— Você. Mijando.

Eu disse então que não era para ele ver. Você, dizendo que eu não podia ter visto, que não era pra eu ter visto. Ela disse:

— Não era pra você ver.

E ele disse a ela:

— Comovedor.

Eu achei tudo muito comovedor. Ele me sorriu e disse com uma carinha deliciosamente triste: "Comovedor". Ela se limpou displicentemente e deu a descarga. E eu me limpei e dei a descarga e fui até ele, veio até mim.

TODAS AS COISAS SÃO BELAS

Ela plantava coisas exóticas, ouvia bandas obscuras e reparava em detalhes desencontrados. Era bonita e pobre, talvez um pouco inteligente. Lia graphic novels quando na privada e tinha tudo sempre limpinho. Conheceu o cara numa livraria. Ele folheava uma antologia de poetas russos e ela ficou com tesão. Tomaram um capuccino ali perto dos cinemas, depois viram um filme. Foram para a casa dela e deu tudo certo. Ela gemia coisinhas assim só dela. Ele, calado e concentrado, somava e subtraía as idas e vindas. Em nenhum momento ela se achou fácil. Em momento algum ele se sentiu relaxado. Casaram-se em abril, ela de vestidinho azul-marinho. Entrou na capela ao som da Legião e todo mundo cantou junto. O padre sorria de acordo. Quando ele deu o fora, dezenove meses depois, ela se sentou no chão do quarto e acendeu um cigarro. Pensava com tristeza em todas as coisas boas que ainda tinha para viver. Pouco depois, a tristeza virou raiva. Mas as coisas boas ainda estavam lá.

ANEURISMA
Novela

Oh, get me away from here I'm dying.

Belle and Sebastian.

Deixa eu meter o dedo em você, ela pede.

Ela pede a ele, ambos sob o chuveiro aberto num semi-abraço de meio-desespero, desespero entorpecido e sonolento que parece avisar pela enésima vez que a explosão está próxima, que alguma explosão está próxima, desespero de vozes baixas e olhos arregalados, *meio* e não *inteiro*, e ela pede como se ignorasse o que e como pede e o que ele por acaso venha a responder, como se qualquer uma dessas variáveis não fizesse a menor diferença, como se coisa alguma fizesse a menor diferença.

Deixa?

Estava há pouco se despindo, sempre se despe no quarto, nunca no banheiro, ele tão circunspeto, enterrado em seu nicho na cama diante da TV, que ela, enquanto se despia, evitava encará-lo, como se encará-lo fosse piorar tudo, como se encará-lo desse um maldito rosto àquela coisa toda, e tudo o que ela quisesse naquele momento fosse que aquela coisa toda permanecesse ainda por um tempo sem um rosto, sem algo que a definisse, sem nada que a recortasse ou destacasse de um fundo previsivelmente negro e confortavelmente vago.

Dissera a ele o que viera à cabeça, o que, enfim, conseguira cuspir, mas não se sentira aliviada ou útil ou sequer presente, a alma na boca e os lábios se movendo e tudo não passando de uma fantasia mambembe de fantasminha camarada a lhe cobrir a própria vergonha por ter de, obrigatória e contratualmente, dizer alguma coisa quando ele sabia e ela sabia que, inferno, não havia e não há o que dizer.

Sempre se despe no quarto, nunca no banheiro, e passava nua diante dele e da TV, entre ele e a TV, sempre passa nua entre ele e a TV, antes ostensivamente, agora apenas assustadamente, evitando encará-lo, ainda evitando encará-lo, quando ele a chamou pelo nome e ela O quê?

Quer jantar fora hoje?, ele perguntou como se não quisesse mesmo jantar fora, como se não quisesse sequer jantar, perguntou sem olhar para ela, não, olhava para a TV.

É tarde.

E daí?

Eu vou cozinhar. Vou só tomar um banho e cozinho alguma coisa.

Ok, ele concordou.

Mas, ela pensou, é provável que ele nem jante, e pensando nisso subiu na cama e engatinhou até ele e lhe beijou leve, levemente a boca, ao que ele a abraçou e ela como que se viu forçada a repetir que não vai ser nada.

Você vai ver, não vai ser nada.

Mas: o que dizer a ele? O que fazer por ele?

Ela passou o fim de semana pensando nisso e a cada segundo percebendo-se mais e mais gratuita e inútil justamente por pensar que tinha de dizer ou fazer alguma coisa ao mesmo tempo em que sabia não haver o que dizer ou fazer, que qualquer coisa que dissesse ou fizesse soaria piegas e idiota e estúpida, não mudaria absolutamente nada, não o ajudaria nem a ajudaria, não o salvaria nem a salvaria, não o consolaria nem a consolaria, e, no entanto, ela passou a tarde falando, dizendo a ele repetidamente que não vai ser nada, cansando-se e cansando-o, exaurindo-se e exaurindo-o, esgotando-se e esgotando-o, esvaziando-se e esvaziando-o, até que tudo o que lhes restou, tudo o que lhes resta, é esse meio-abraço depressivo e o pedido tonto, este pedido,

Deixa eu meter o dedo em você?,

não estando ela de fato interessada no que pede (Deixa?) ou no que ele venha a responder (Sim, Não, O quê?, Ficou louca?), não, estão a postos afinal, ao mesmo tempo se tocando e quase não se tocando (meio-abraço), a postos para essa senhora valsa da agonia ou coisa que o valha, como quem se despede, como quem está de saída, como quem nunca tivesse estado aqui, e o que é, então?

O que é quando ela o faz se virar e lhe percorre o ânus com o dedo indicador?

O que é quando ela repete não o pedido desbragado (Deixa eu meter o dedo em você?) mas aquele dito (Não vai ser nada.), e ele afinal entende *o que* não vai ser nada, do que ela afinal está e esteve falando, longa distância tão curtamente percorrida, e ele não se sente exatamente *limpo* quando escuta dela a pergunta se Dói.

(Não vai ser nada.)

Um pouco.

(Ser nada.)

Quer que eu pare? Quer que eu tire?

(Não.)

Tirar o quê? Parar o quê?

(Nada.)

Ao que ela leve, levemente morde o ombro dele, carinhosa, tudo tão leve que ele não se move, ele não se mexe, ele sequer *respira*.

Eu tinha, ela diz (sussurra), que chegar aí. De algum jeito, chegar até você.

Ele careteia porque (Dói?) piegas, e, não, por favor, nenhuma explicação, quatro anos juntos e um possível ou muito provável fim da linha para ele, só para ele, o qual ele vislumbra com a vista turva e um dedo atochado no rabo, não, nenhuma necessidade de explicar nada, coisíssima nenhuma, apesar de ser exatamente o que ela exprimiu, claro, mas nem é uma explicação:

Chegar até você.

E é claro que dói, e tudo soa tão gratuito, nunca antes nada parecido. Podia ter perguntado a ela: Por quê? Podia ter dito não: Não.

Mas suspensos hoje. Suspensos porque amanhã ele, ora, amanhã? Amanhã não vai ser nada. Nada.

Ela beija e lambe a nuca dele, e quer mesmo chorar. Quer chorar, e o que é, então?

O que é, foi o dia todo e a noite toda, o fim de semana inteiro, porque o dia seguinte, a segunda-feira, o dia seguinte *haverá*, daí a brutal necessidade de, juntos, romperem logo o domingo para, segunda-feira aberta, ele ouvir logo o que há e dizer a ela o que há (Nada.).

Ouvir sozinho e só depois dizer a ela, porque ela disse que não, que não agüentaria, não agüentaria ir com ele e ouvir com ele a sentença ou a absolvição, Eu não ia agüentar, eu não vou, me perdoa, mas eu não vou eu não posso eu não consigo eu não me *imagino* lá com você ouvindo o quê, não, eu não... me perdoa?

Ele não respondeu.

Não disse nada, e não disse nada porque sabia a diferença que, no fim das contas, mas no fim das contas *mesmo*, aquilo (ela não ir, ela não estar lá com ele) ia fazer.

Me perdoa? ela repete sob o chuveiro, um naco de si dentro dele, sem ter como olhá-lo nos olhos, sem a possibilidade de encará-lo.

O que é, então? O que é?, ela pensa.

O que é: dedo no cu, coração na boca.

Ela lambe o ombro dele, a orelha direita, e tira o dedo. Ele sente um oco, e a dor, mesmo pequena, permanece.

Vira-se, beija-a na boca e agacha, cada mão em cada nádega dela, pernas que se afastam um pouco e é a língua, então, ao que ela vem e chega rápido, repetidamente.

Nada, vai ser: não.

Ela se senta na tampa da privada para enxugá-lo, em pé diante dela, e é a vez dela: escroto, glande, porra.

Amanhã, ele.

Vem, você precisa de outro banho, ele diz, desfolegado, um pouco de si fora e dentro dela, na boca, pela boca, escorrendo.

E ela vai, é claro que vai.

As imagens são pobres, muito pobres, mas o efeito é atingido. Ou não. De uma forma ou de outra: como se a cabeça se despregasse ou se desprendesse do corpo, caísse e quicasse uma, duas, três vezes e voltasse invertida para o lugar e assim se reencaixasse.

Ou como se uma marreta acertasse o alto da cabeça.

Ou uma bola de boliche.

Ou não, nada disso.

Assim: ajeitava uns livros quando desmaiou. Um apagar-se geral, imediato, de todo. Desmontou sobre o tapete da sala, diante da estante que organizava, numa tarde de sexta-feira. Tinha acabado de almoçar, estava sozinho em casa e decidira tentar uma reorganização da estante abarrotada ao procurar em vão por um volume destroçado, de capa arrancada e repleto de anotações nas margens, d'*O castelo* de Kafka. Um volume comprado em banca de jornal por uma ninharia e que o acompanhava desde o fim da adolescência. No momento em que recolocou na estante um exemplar de *Vineland*, apagou.

Vinha, é verdade, sentindo dores de cabeça, as quais caracterizava como "engraçadas". Sentava-se, por exemplo, à mesa para jantar e comentava com ela que estava com uma dor de cabeça engraçada. Engraçado para ela, no caso, era ele dizer que sentia uma "dor de cabeça engraçada" sem esboçar o menor sorriso. Tampouco ocorreu a ela pedir que ele caracterizasse uma "dor de cabeça engraçada". Nada, pelo visto, que o fizesse rir ou sorrir.

Acordou estatelado no tapete.

Esvaziado.

Nenhuma dor, nenhum pensamento. Levantou-se, foi ao banheiro, enxaguou o rosto e, no quarto, ligou para ela.

Acho que desmaiei, foi o que disse, o elmo cheio de quê?

Quando ela chegou, tudo o que ele conseguia dizer eram coisas desconexas sobre um exemplar perdido de *O castelo*.

Ela aludiu às dores de cabeça e ele disse que sim, que a cabeça doía no momento em que apagou, mas a cabeça doía quase que o tempo todo e que tinha procurado por um velho exemplar de *O castelo* sem encontrá-lo e que por isso resolvera dar uma organizada na estante.

Está uma bagunça desgraçada. Você precisa ver.

Ajoelhada diante dele, buscava os seus olhos e só encontrava aquele fiapo de voz e aquelas frases soltas, libérrimas, sobre exemplares perdidos, bagunças desgraçadas e dores de cabeça engraçadas. Nenhuma narrativa coesa, estruturada, racional, sobre o que acontecera.

Ele desmaiou.

Ele estava arrumando a estante e desmaiou. Tendo acordado, me ligou. Eu vim correndo. Eu estou aqui. Mas e ele? Onde ele se meteu? O que fizeram com ele? Não, ele está aqui. Sentado na cama. Repetindo coisas sobre coisas banais. Não entendo. Ele tampouco parece entender coisa alguma. Bateu com a cabeça? *Eu* bati com a cabeça? Os olhos dele, ele não me olha nos olhos. Ele sempre me olha nos olhos. Quando eu não quero, quando eu não preciso, ele me olha nos, direto nos olhos. Mas agora ele foge. Ele não está aqui. Onde ele está? Livros. Ele fala de livros.

Está doendo agora?, ela perguntou, ainda ajoelhada diante dele, ele ainda sentado na beira da cama.

Não sei. Acho que não.

Ela suspirou, impaciente. Não sabia o que pensar.

E ele: Uma bagunça desgraçada.

Pára de falar dessa porra de estante!, ela berrou, levantando-se, e saiu do quarto. Voltou em seguida, folheando o catálogo do plano de saúde. Fez isso por quase dois minutos, até encará-lo completamente perdida:

O que é que eu tenho que procurar? O que é que você *tem*?

Foi quando ele, esvaziado, sorriu

Não: não entende, ou escolheu não. O que é: a voz pobre e previsivelmente branca do médico no espaço branquirestrito. Mas o espaço é o que menos importa agora, ao contrário de quando entrou.

Quando entrou: as paredes estupefatas, a escrivaninha surda e o rosto nulo-anulador do médico — aquelas coisas todas esperando por ele.

Que merda, pensou. Que merda.

Não quer entender nada: não quero.

Acordados a noite toda. Ela, os dois na cama, ela lhe dizendo coisas, poucas, o script: Não vai ser nada. Ele olhando para a televisão das oito às seis. Alheio. Peça removível ou dispensável: a TV não precisa de mim.

O que você precisa, o médico diz, é — ele não ouve. Boca que abre e fecha: música doutra esfera. Esfera branca, viscosa de notícias brancas, todo um código espúrio comunicado esmagadora e brancamente: liquidado. Tradutor simultâneo aconchegado em sua cabeça dizendo — trocando por palavras menores — o que vem do médico, e o que vem do médico (Eu não ia agüentar.) via tradutor, voz sobre voz, frase após frase, é:

Está morto, filho, ou bem próximo disso. Liquidado.

(Como eu cheguei aqui?)

Não quis dormir. Escolheu não.

Disse a ela: Não durmo hoje.

Por quê?

Porque não.

Então abaixa o volume.

O médico fala baixo. Todo o tempo do mundo. Todas as pausas possíveis em todos os lugares certos.

Não durmo hoje.

Mas você *precisa* dormir.

Não, eu não preciso.

Não seja infantil.

Não estou sendo.

Amanhã cedo você tem consulta. Pelo amor de Deus, dorme um pouco.

Não vai ser nada?

O quê?

Você tem repetido que não vai ser nada.

Não, não vai.

Mas como é que pode? Como é que pode não ser nada?

(Pelo amor de Deus, doutor, como foi que eu cheguei aqui?)

Pára... pára de dizer essas coisas.

(Como se constitui um caminhar que termine — termine? — *aqui*? Como se constitui um caminhar *neste* sentido?)

E-eu... eu tô aqui.

(Antes tivesse arrancado as minhas pernas.)

Eu sei.

(Antes tivesse arrancado o próprio chão ou qualquer coisa que me trouxesse aqui, qualquer coisa.)

Qualquer coisa: é do que ele precisa.

O que você precisa, diz o médico, mas não, ele não quer saber do que precisa, ele não precisa saber do que precisa, ele não precisa (Qualquer coisa.) da porra do resto da frase.

Precisava dormir, mas escolheu não.

Quanto tempo, doutor? Quanto tempo eu tenho?

O médico, claro, o médico acha que é Difícil precisar. Por que não encontra algo de que goste? Algo que te dê prazer, um curso, qualquer coisa que ocupe seu tempo e sua cabeça.

(Minha cabeça já está *ocupada*.)

Não quero deixar nada pela metade, doutor.

Mas não tem como evitar.

Merda, ele pensa.

E diz: Deixar *tudo* pela metade. Certo, doutor?

Expulso do consultório com um aperto de mãos, pára na sala de espera: breve, brevíssima galeria de aniquilados, seus *irmãos*. Caminha para fora, não há outra saída. Ficou de encontrá-la no Centro, para o almoço. Tão preocupada quanto ele.

Sentado ao volante do carro fechado, ainda no estacionamento verdesperançoso da clínica, pensamentos brancos, morte, hospitais, rondam a sua cabeça cheia e suja de vida-que-morre feito moscas varejeiras ou vespas ou besouros.

O médico sorriu ao estender a mão peluda da solidariedade clínica, profissional, as mãos lavadas e o sorriso afeito ao rosto como um corte ao corpo. Ele sorria, é o que pôde fazer, o que pode, o que vai fazer, o que vai, não vai ser nada; os joelhos tremem.

E agora, como explicar a ela que, aquilo (aquela *coisa*) que não ia ser nada, de repente — não. Quanto tempo? Não foi de repente.

A mão branca estendida brancamente.

O almoço será no Centro, ainda na cama, ela ainda na cama, ele se vestia para, no Centro, tão preocupada quanto ele, ele se vestia e ela Te espero no Centro para o almoço.

Onde?

Ali na Araguaia, acima da Três.

Tudo muito breve, todos. A noite toda segurando a mão dele, tão assustada, não, ela não ia agüentar, não suportaria a sentença branca comunicada brancamente no espaço branquirestrito e depois, estendida, a mão branca: tudo muito breve, todos.

A noite toda, ela segurando a mão dele.

Ele vê as próprias mãos segurando o volante, o volante e o próprio (pelo retrovisor?) aniquilamento, o desaparecimento progressivo e inexorável, ou não, ainda não, ainda precisa chegar ao Centro porque ainda precisa vê-la porque precisam, ora.

Liga o carro. Não quer baixar os vidros. Não quer ligar o som.

Não, não quer ouvir nada.

Ela o espera numa mesa próxima do caixa, sobre a mesa uma garrafa com água e o maço de cigarros lacrado — ela ainda não se decidiu.

Pra que isso?

Estou nervosa.

Ele pega o maço, sai do restaurante, atravessa a rua, entrega-o a um mendigo que agradece com todos os obrigados, volta e senta-se à mesa.

Não espera que eu te agradeça, né?

Não, ele responde.

O restaurante vazio, ainda é cedo. Azulejos brancos e educados funcionários em uniformes discretos anotando e trazendo pedidos e sorrindo informações.

Não parece nada bem, ela diz.

O movimento?, ele desconversa.

Você, ela reconversa.

(Explodir entre o almoço e a sobremesa.)

O que é?

(Almoço, sobremesa.)

Por que não fala comigo?

(Em meio à sujeira.)

Diz logo o que é, por favor.

(Até o caixa.)

Fala!

(E além.)

Ela está chorando.

(Explodir, categoricamente *explodir.*)

Chora, não esconde o rosto, não se.

O que é? Pelo amor de Deus, me diz.

Um pouco de água, gole e meio, e ele explica que está: Ferrado.

Ao que ela, afinal, esconde o rosto. Esconde-se, tão preocupada quanto, tão ferrada.

Não quero comer, ela diz que não quer comer, Não quero: não.

Primeiro não escondeu o rosto, depois escondeu. Dando o exemplo, talvez. Como se dissesse: Eu não escondo nada, vê? Mas a partir do momento em que ele se disse ferrado, aí sim, mãos tapando a cara e aquele urro ancestral, algo simiesco, o tipo de *entendimento* que todos preferem evitar.

O que é: ele está: Ferrado, ele disse.

Pacientemente, ele espera que o choro dela arrefeça, que ela comece a administrar o choque, a domesticar a dor, e ela afinal respira fundo, lenço no rosto, um gole de água, e o encara:

É isso?

Isso o quê?

Tudo o que médico te falou?

Ele não usou a palavra "ferrado".

Imaginei que não.

É um... aneurisma...?

Não, ele responde. Nada a ver com um aneurisma. Um aneurisma seria operável, eu acho. Ou já teria me matado. Eu acho.

E o tratamento?

Ele pediu que eu voltasse lá depois de amanhã, mas eu... eu... porra, você sabe.

Ela pensa, por um segundo pensa, considera gritar com ele O QUE É QUE HÁ COM VOCÊ?, mas, Porra, eu sei exatamente o que é e o que há com você, eu sei direitinho, você mesmo acabou de me dizer, está ferrado, ou, nas suas palavras, nas palavras dele: Ferrado.

E o que é que... o que é que você?...

Olha, ele suspira, eu não sei. Acho que não tenho lá muitas opções.

Não, não tem *mesmo*, ela pensa. Mas *ninguém* tem lá muitas opções.

Daí que ele não explode entre o almoço e a sobremesa, até porque não almoçaram, ou na fila até o caixa, um real pela água e outros dois pelo maço de cigarros, não, nem aqui ele explode, e caminham até o carro, ela procurando na bolsa por um chiclete ou uma arma, quem é que sabe?, todas as palavras para dizer todas as coisas, o que ele não consegue, ele não é capaz: não tem o quê, não há o que dizer.

E no instante em que, trêmula, não consegue encaixar o cinto de segurança, recomeça a chorar. Um choro diverso daquele outro, mais domesticado, choro baixo e lerdo, sem pressa, regular, um choro de doído entendimento, de dolorosa compreensão, de um situar-se em meio àquela *coisa*, de finalmente saber-se onde e como.

Ele a abraça.

Abraçada, ela pensa que Posso dizer alguma coisa, eu sempre posso dizer alguma coisa, mas.

Ele a beija no queixo, ela esboça um sorriso perdido e afinal coloca o cinto de segurança: podem ir: Podemos ir.

Ele liga o carro e ela pensa: Não. Ficar parados. Parados até que essa coisa passe.

Tirei a tarde livre, ela diz, mas ele já sabia, ela havia dito que o faria, e ele sorri, Claro, tirar a tarde de folga, a semana de folga, o mês de folga, o resto da vida de folga para arrumar tudo, deixar tudo arrumado, minha morte arrumada, o mais confortável possível.

Estamos presos num filme ruim de Antonioni, ela diz.

Não é coisa que se diga, ela pensa.

Estão, isto sim, presos no trânsito de início de tarde, todos indo para ou voltando do almoço, sonolentos suicidas homicidas, neuroses arrepiadas, a bela hora em que todos, mortalmente cansados, fatalmente de saco cheio, cometem em pensamento todos os crimes do mundo.

Uma hecatombe ou inúmeras hecatombes simultâneas. Sim, todos os crimes do mundo.

Deve ter um nome, ela diz.

Claro que tem um nome.

Qual é, então?

Por quê?

Porque eu quero saber.

Não, você só quer a porra de um nome.

Não, eu quero saber o que é que você tem. Não é um aneurisma, não é operável, mas eu quero saber *exatamente* o que é. Posso?

Eu não quis ouvir, não prestei atenção.

Por quê?

Porque passou pela minha cabeça que seria ouvir o nome da *coisa* e morrer.

Um mísero nome não mata ninguém, pelo amor de Deus.

Mas eu não quis ouvir. Até porque vou morrer de um jeito ou de outro. Entende isso?

Ela tapa o rosto, recomeça a chorar.

É o que ficou no ar lá naquele consultório? A minha morte? Saindo da boca do médico e pairando por ali, sobre a minha cabeça, ganhando corpo, ganhando *peso*, esperando a hora certa de desabar. Daí que não importa *mesmo*. Não importa. Vou morrer de um jeito ou de outro.

Ele repete: Não importa. Vou morrer de um jeito ou de outro.

Isto sim é coisa que se diga, ela pensa. Uma coisa assim tão maiusculamente óbvia. Uma morte confortável, tudo se desenhando nesse sentido. Civilizada. Autoconsciente. Preparada. Livre de sustos. Exceto, claro, o susto do anúncio, o susto deflagrado pela voz branca do arauto em vestes brancas.

Um carro capotado quinhentos metros adiante. Bombeiros barulhando, uma ambulância, polícia e todas as luzes.

Você precisa ligar para o seu pai, ela diz enquanto passa um lenço no rosto e ele concorda.

O pai solto em sua velhice de livros e manias e péssimos humores, torturando diaristas com exigências descabidas de viúvo amargo, assistindo a filmes antigos castigados por dublagens radiofônicas em péssimas gravações em VHS cometidas pelas madrugadas televisivas afora, e, em algum momento, talvez ao sair do banho, talvez ao vestir o pijama, talvez ao voltar da banca de jornais, em algum momento sendo acometido pela aparição, estapafúrdia porque gratuitamente repentina, dela, da mulher morta, da mulher má poeta e autora de um único romance, e a imagem é a de uma personagem de filme mudo descolada ou arrancada da tela, que não fala ou grita — está morta.

Um filme de Antonioni, ela repete.

Certo, ele diz.

O quê?

Dar uma passada na casa do meu pai.

Agora?

Foi há muito tempo. Foi há tempo demais. A mãe morreu atropelada por um caminhão de coleta de lixo.

Foi há apenas dois anos.

Atropelada, o jornal do marido debaixo do braço e meia-dúzia de pães numa sacola.

Não deu tempo de frear, disse o motorista, ela apareceu de uma vez.

Não, não: ela *desapareceu* de uma vez.

A mãe escreveu um romance. Cometia também má poesia, mas o romance ela conseguiu publicar por meio de uma bolsa de publicações da prefeitura, um prêmio. Editora local, nenhuma distribuição.

Um prêmio.

Um matador que se descobre doente, à morte. Este o mote do romance. São os dias em que ele se descobre liquidado. Tudo o que tem é uma namorada que sequer assume como tal, que mal sabe dele e ele dela, uma garçonete que, mal ou bem, fica com ele. O livro é o matador entrando em parafuso, quase levando consigo a garçonete. Roleta-russa, desespero e um final falhamente redentor. Falhamente: fica no ar. Nenhum humor na coisa. Ou um humor involuntário, na medida em que mal escrito e repleto de pequenos furos. O matador tem um aneurisma na cabeça, mas nada do que ele sente, nenhum dos sintomas, diz respeito a quem tem um aneurisma na cabeça. A mãe não pesquisou a respeito, não se informou. Criou a história, começou a escrevê-la e foi em frente, ignorando eventuais complicações ou quaisquer imprecisões médicas e literárias.

Leu o livro da minha mãe?

Li quando saiu. Por quê?

O que você acha que acontece depois?

Como assim?

Com a garçonete.

Não sei. Meio que fica no ar.

É, fica sugerido, ele concorda.

Mas não faz muito sentido, ela pondera.

Claro que não. É má literatura. Má literatura não é escrita pra "fazer sentido".

Leitura indolor, ele pensa, quase gratuita; a mãe morreu atropelada por um caminhão de coleta de lixo.

Qual era o nome dela?, ela pergunta.

De quem?

Da garçonete.

Não me lembro. Acho que era um nome bíblico.

Era?

Acho que sim. Mau sinal.

A mãe chegava do trabalho, logo após o almoço, e se punha a escrever. Parava por volta das seis, preparava o jantar, assistia a uma novela qualquer e depois escrevia até desmaiar de sono ou de tédio sobre o teclado, o pai sempre tendo de acordá-la e escoltá-la até o banheiro e depois até a cama, alta noite.

À mesa do almoço, ele os ouvia sobre o livro. O pai lia os originais e gargalhava, a mãe sorrindo timidamente, mas nunca parecendo humilhada ou incomodada.

Sua mãe está criando um pulp, dizia o pai.

Vou ganhar milhões, ela tentava gracejar.

Quando ela ganhou o prêmio, o pai teve certeza de um monte de clichês monstruosos, todos cômoda e confortavelmente assentados em termos-almofada, tais como "decadência", "antiliteratura", "pseudoarte" etc. Teve certeza também de como funciona o circulozinho vicioso e cretino inerente à prática literária na província, tapinhas nas costas, ciuminhos, toda a enorme galeria de gênios incompreendidos etc. e tal.

Num daqueles almoços, o pai gargalhando diante dos originais, a mãe disse como que se vingando:

Acho que você não entendeu do que se trata.

E do que é que se trata?, despeitou o pai.

Viver ou morrer, ela respondeu.

E nunca mais explicou coisa alguma.

Foi em um maio ainda mais seco do que o habitual.

Não deu tempo de frear, disse o motorista.

Vou desaparecer *assim*?, ele se pergunta, tão rápido que sequer vou me ver desaparecendo, sequer vou poder assistir ao meu próprio desaparecimento?

(O que a mãe terá visto? rodas? asfalto? a própria cabeça se abrindo?)

De onde está, vê as próprias mãos segurando o volante, a fila de carros parados, presos, e mais adiante o tumulto de luzes e ferragens, o carro capotado, o acidente, peças e coisas enfileiradas, encaixadas como os livros da mãe na livraria, em uma seção da estante.

Como os livros dela, ele pensa, peça removível ou dispensável.

Mais seco do que o habitual.

O que a mãe terá visto?

Sem tempo para frear. Que susto. Um corpo diante de si e logo depois um corpo debaixo de si, sob as rodas. Sem tempo.

Terá visto o quê?

Em maio. Rodas, asfalto e a própria cabeça. Morada precária, temporária. Fora, mais fora do que tudo. Mais para fora do que tudo. A própria cabeça fora de si, dela, cabeça: a cabeça fora da cabeça. Removível, dispensável.

Mais seco do que o habitual.

Por que não limpam logo a droga da pista?, ela pergunta.

Deve ter alguém preso nas ferragens, ele diz. Alguém *vivo*.

A mãe era professora. O pai também. Todos os livros do mundo à disposição. Do que é que se trata, então?

O trânsito começa a fluir.

Eu sei o que é um aneurisma, ele diz. É tipo uma dilatação. A parede da artéria ou da veia se dilata, até estourar.

Ela estoura?, ela pergunta, interessada.

Acho que sim. O que mais ela pode fazer além disso? Uma veia dilatada não tem lá muitas opções, eu acho.

Ela entende: Entendo.

Ele: Deve ser ensurdecedor.

O quê?

Uma coisa estourando dentro da sua cabeça, ele diz. Deve ser ensurdecedor.

À esquerda, luzes e luzes e o carro capotado, corpos no asfalto, cobertos por jornais. Olham rapidamente, de passagem.

Deu para ver quantos eram?, ela pergunta pouco depois.

Não, não olhei direito.

Nunca olha direito, ela pensa.

A mãe também escrevia poemas.

Tudo o que a mãe de fato fez a vida inteira foi escrever poemas e dar aulas e desovar um mau romance e morrer atropelada por um caminhão de coleta de lixo, ele pensa.

Não?

Maus poemas, a própria mãe dizia, sempre concordando com o pai: Minha poesia é uma merda.

Mas guardava tudo numa pasta azul, atrás dos livros na estante.

Tudo o que fez a vida inteira.

O livro da mãe. A novela, ou "romance curto", conforme ela mesma assinalou.

O protagonista é um matador.

Começa com o matador efetuando um serviço esdrúxulo: vítima e mandante são a mesma pessoa, um gordo falador de meia-idade.

O gordo pagou quinze mil, "tudo o que tinha", para ser morto. Descobriu-se doente e é sozinho:

"Minha mulher me deixou há tanto tempo que eu já nem me lembro o que deu nela."

O matador, "um homem magro e quieto, quase invisível", come em silêncio.

"Não tive coragem de... você sabe...", o gesto, a mão direita e o dedo indicador contra a têmpora. "Pode me chamar de covarde."

Esse início é curioso.

Um personagem que estará morto em menos de dez páginas é descrito detalhadamente. Voz, gestos, motivações e todo um escopo supostamente "psicológico". Ele se explica à exaustão. Fala da própria vida com um distanciamento forçado, pretensamente maníaco e, portanto, claramente fingido.

O matador não passa, ali, de uma sombra muda. O gordo tem voz, um passado e uma doença. Fala, fala, fala — e existe, ou algo próximo disso. Está ali para falar, para se explicar, para se mostrar *vivo*. Não por acaso, logo adiante estará morto.

A ironia da passagem é tão evidente quanto desajeitada. O gordo fala, precisa falar, porque vai morrer. Em outras palavras, o gordo não fala por acaso: escolheu falar porque escolheu morrer.

A mãe não descreve a ambientação com detalhes. Fica uma sensação assustadora de vazio em função de o cenário praticamente inexistir. O leitor é informado de que estão, a princípio, em um restaurante de posto de gasolina, e, depois, no carro, avançando por uma estrada de chão, "no meio do nada".

As deficiências da autora acabam, ironicamente, contando a favor da narrativa, criam uma espécie de confusão benigna; a imagem que se forma na cabeça do leitor é a de um limbo, no meio do qual, sentados a uma mesa, o gordo fala e fala e o matador ouve, quieto.

Enquanto o gordo fala, saem da estrada e seguem por uma trilha "impossivelmente acidentada", até o que é descrito como "uma espécie de clareira". Os faróis do carro iluminam uma "cova aberta feito uma boca".

O gordo finalmente pára de falar.

Descem do carro, o gordo primeiro, e ficam ao lado da cova. O gordo "está trêmulo, como se quisesse dizer algo que não consegue", e evita olhar para o matador. Este saca uma pistola e a aponta para a nuca do gordo.

"Tudo certo?", pergunta. "Tudo", responde o gordo, a voz "um fiapo".

O primeiro capítulo do livro da mãe termina no momento do disparo.

No elevador, ela segura a mão dele. Não ligaram avisando que viriam, mas, ele a lembrou, Ele quase nunca sai de casa. O pai, sóbrio como uma porta — ele costuma brincar. Portas são sólidas, ele pensa.

Está em casa e os recebe com uma surpresa cansada, política, diplomática.

Passei a noite em claro.

Por que, pai?

Tive um pesadelo.

Na cozinha, sentam-se à mesa. Um jornal aberto, os óculos sobre ele. Uma xícara vazia: O café acabou, o pai avisa.

Quer que eu faça mais?, ela pergunta.

O pó acabou.

Posso ir comprar, se quiser, ela insiste.

O pai encolhe os ombros, Você é quem sabe.

Ela sai. Ele olha em volta.

O apartamento parece limpo, comenta.

Nunca fui um porco, o pai retruca.

Não quis dizer isso.

Claro que não, e sorri.

Um silêncio de água parada, até que o pai: Você está horrível. Parece mais velho do que eu.

Ainda não, ele diz.

O que é, então?

Acabei de voltar do médico.

Más notícias?

Ele suspira desajeitadamente, um pré-soluço acovardado: Vou morrer.

O pai suspira, inteiro: Entendo.

Entende: o desmaio, o médico. Ele acabou de voltar do médico. Com essa cara. Não tem trinta anos e acabou de. Mais velho do que eu, parece. Ele fala, o pai tenta se concentrar no que ele fala. Uma *coisa*, sempre uma *coisa*. Na cabeça, do tipo que mata.

Entendo, o pai repete: Entendo.

E ficam em silêncio até que ela volta dizendo que: Não achei café.

Ela os observa da porta, parada, respirando o ar viciado inerente à conversa e ao silêncio deles.

Encara o pai, que diz: Ele me contou.

Ela atravessa a cozinha, o filtro sobre a pia. Serve-se de água, as costas para eles.

Irrespirável, lodoso.

É triste, o pai pondera.

Não seja piegas, ele implora.

Deixa ele ser o que bem entender, ela diz, ainda de costas.

O que você trouxe aí?, ele pergunta.

Eu trouxe pizza, ela diz. E refrigerante. Você pode tomar refrigerante?

Posso tomar o que eu quiser. Eu acho.

Claro que pode, ela pensa enquanto liga o forno, como não poderia? por que não poderia? Tira um tabuleiro do armário, a pizza da embalagem. Coloca a pizza no tabuleiro e o tabuleiro no forno, foda-se que não esteja preaquecido (ele o quê? "Pré-morto"?). Quanto tempo, doutor? Quanto tempo, Senhor? Leve por quinze minutos ao forno preaquecido. A pizza é obra de Deus? O tempo, sim, o tempo e o refrigerante na geladeira e as carrancas de todos neste formidável ensaio para um velório bem-sucedido. Para um velório bem-sucedido, há que se ter tempo para prepará-lo (mortes súbitas não são recomendáveis), público bem escolhido (parentes distantes costumam saber se portar, pois têm uma visão melhor e mais clara, *distanciada*, da coisa) e, claro, um morto bem-apanhado. Mortos que se saibam à morte são os melhores. O defunto, quando assim, ganha uma autoconsciência que só o torna mais *presente* ao evento, mais conectado ao acontecimento, porque ele próprio já o esperava, já o sabia próximo e inevitável. Esperar a morte, ela pensa. Esperar a morte, esperar a pizza. Quinze minutos. Leve por quinze minutos ao forno preaquecido. Será que ele vai querer ser cremado?

Os três à mesa, à espera da pizza. Ele entregue a uma descrição do médico e do consultório do médico.

Tinha livros lá, ele diz. Na certa, a quarta ou sexta esposa dele deu uma "repaginada" no recinto e meteu (Deixa eu meter o dedo em você?) lá uns exemplares.

Que livros?, o pai pergunta.

Dois Canetti, um Mann, três Tanizaki e o resto, só lixo.

Que ironia mais cansada, ela pondera, mas eles não lhe dão atenção ou fingem que.

Pode ser que eu esteja errado, ele prossegue, pode ser que dentro daquelas gavetas, sob estetoscópios e medidores de pressão, ele guarde uns versos, alguns contos, talvez um romance de formação.

O pai sorri: adora romances de formação.

Ela se levanta, pratos e talheres e copos sobre a mesa, pizza e refrigerante.

Comem em silêncio, cada qual olhando para o próprio prato, exceto ele, que volta e meia olha para o pai. Um frigobar, ele pensa. Meu pai virou um frigobar. Não entende o que pensa, mas pensa mesmo assim: Um frigobar. Em seguida, raciocina: Quadrado, atarracado, enregelado por dentro, carente de espaço — um frigobar.

Almoço tardio, a pizza tem massa fina e é mal recheada. O pai afasta o prato e diz:

Estive relendo o romance da sua mãe.

Pensei que não gostasse, ele diz, boca cheia.

Só não levava a sério.

E leva agora?

Sua mãe morreu.

E daí?

E daí que, com ela morta, passei a encarar as coisas dela com alguma gravidade.

Os poemas também?

Não, os poemas estão aquém de qualquer gravidade.

Terminam de comer, ela recolhe os pratos e se entrega à pia. Ele e o pai permanecem à mesa, o pai:

O que vai fazer agora?

Não sei direito.

O que o médico sugeriu?

Qualquer coisa que me ocupe o tempo. Que me ocupe a *cabeça*.

Já não tem seu trabalho?

Entreguei uma tradução semana passada, achei melhor não pegar mais nada.

Por quê?

Não quero deixar nada pela metade
Mas isso me parece inevitável.

Eu sei, pai, ele diz.

Eu sei, porra, ele pensa.

Ela termina de lavar a louça, diz que vai ao banheiro e sai rapidamente. Ele sabe o que acontece, mas gostaria de não saber. Eu sei, porra. Eu sei, porra. Eu sei, porra.

Ela vomita. Ajoelhada diante da privada, a torneira da pia aberta, ela vomita como se o vômito fosse ela e ela fosse nada, um esvaziar-se ao nada, um exaurir-se por inteiro, e é a descarga. Não quer ouvi-lo, não quer ouvir dele aquelas palavras, ora, por que ouvir? Não quer. O médico não acredita muito, foda-se, mas quem acredita?, pouco ou muito ou nada, quem? Falou alguma coisa, ele disse, mas nem ele. Ocupar a cabeça, ela escarnece, olhos nos olhos no espelho, não, sua cabeça já está inteiramente ocupada, totalmente ocupada, cada canto e cada cômodo, a cabeça dele já está muito ocupada *morrendo*.

Kafka, o que é?, faz o pai. Não conseguiu sequer *terminar* um romance. Todos inacabados!

Ele sorri. Permanecem à mesa, ele e o pai. A tarde toda já. Ela está na sala, estirada no sofá, lendo os poemas da mãe.

Era um preguiçoso, o pai continua.

Ele tenta se lembrar como chegaram a Kafka, mas é inútil. Quase noite, meio-breu estatelado nas coisas que vê pela janela acima da cabeça do pai, acima da pia.

Quantas horas?

O pai parece interromper um raciocínio, olha o relógio acima da cabeça dele e responde que são dezoito e vinte.

Ele respira fundo, o pai lembra que Vocês não precisam ir.

Estou cansado, pai.

Um filho que diz ao pai estar cansado, pensa o pai com toda a tristeza.

Fique, por favor.

Ele encara o pai, respira fundo, talvez fundo demais, ficaram ali a tarde toda, como é que chegaram a Kafka?

Vai à sala, ela dorme com os originais sobre o corpo. Vai morrer de frio se depender deles, ele pensa. Acorda quando ele está prestes a voltar para a cozinha.

Que foi? A gente já vai?

Meu pai pediu que a gente ficasse mais.

Sem problema. Eu posso cozinhar.

Ela sempre pode cozinhar, ele pensa. Toda a minha segurança neste momento reside no fato de que ela sempre pode cozinhar alguma coisa.

Está com frio?, o pai pergunta assim que ele readentra a cozinha.

Por quê?

Por nada, eu só achei que devia perguntar.

O senhor está?

Não.

Todo doente deve sentir frio, ele pensa, todo doente deve bater os dentes e crispar as mãos e tremer de frio.

Ela disse que vai cozinhar alguma coisa. Só vai cochilar mais um pouco.

Ah, ela está cochilando?

Com os poemas da mãe sobre o peito.

Dormiu lendo os poemas?, o pai sorri.

Parece que sim.

O pai ri, e ele também.

Ela devia ter se livrado dos poemas, o pai diz. Queimado, jogado fora.

Ela gostava deles, ele diz. Sabia que eram ruins, mas gostava deles.

Não são tão ruins, ela diz, adentrando a cozinha, cara e roupas amassadas, bocejando. Na verdade, alguns são bons.

Ela mesma concordava que era má poesia, o pai diz.

Eu estou gostando de uma coisa ou outra. E acho que ela "concordava" que eram ruins para evitar discussões.

Ele sorri divertidamente para o pai.

Por que não vão para a sala?, ela pede. Vou fazer o jantar.

Os poemas. Ela deixou os poemas empilhados sobre a mesinha de centro, três pequenas pilhas: ruins, regulares, bons. Ela organiza tudo assim, é uma mania, os CDs, os DVDs, os livros, talvez as pessoas.

As pessoas são o de menos, a mãe dizia.

Concretude. Vaziez. Gestos e coisas e fatos se amontoando, como num roteiro cinematográfico confuso, de um filme que as pessoas vêem e dizem: "Mas não acontece nada".

Não acontece nada.

Um sujeito está à morte, mas não acontece nada. As pessoas são o de menos.

Quando o médico o expulsou do consultório com um aperto de mãos, ele pensou: Eu sou o de menos.

Pura autopiedade, claro, mas está ficando sem opções. Ninguém tem lá muitas opções.

Nunca li a poesia dela, diz ao pai. De tanto você falar que é ruim e ela concordar que é ruim, nunca quis ler a poesia dela.

O pai sorri balançando a cabeça, e o sorriso vira um bocejo. Hoje é o dia das grandes transformações (ele pensa).

Talvez eu também não tenha lido para valer, acaba dizendo. Quer dizer, a primeira vez em que ela me mostrou um poema... eu estava no escritório, corrigindo provas, ela entrou e me estendeu uma folha de caderno. Você ainda não tinha nascido. Perguntei o que era. Ela disse que era um poema. Era muito ruim, mas daí eu posso ter decidido que tudo o que ela viesse a escrever seria ruim, ela sempre concordando comigo.

Então a culpa foi dela?

Não, eu não quis dizer isso. Eu só estava... te contando uma coisa sobre a sua mãe.

O pai pega um dos poemas, do meio da pilha à sua esquerda. Parece ler com atenção. Quando termina, coloca o poema no alto da mesma pilha.

E então?, ele pergunta.

O pai, num sorriso cansado: Não é grande coisa, filho. Decididamente, não é grande coisa.

Onze da noite quando se despedem.

O pai o abraça forte, como se um abraço forte significasse algo mais do que um abraço forte. Ela leva consigo os poemas, todos os poemas da mãe, trezentas páginas que ela, ele sabe, recomeçará a dividir em três pilhas assim que chegar em casa. O pai foi ao escritório e pegou dois exemplares do romance da mãe, um ele oferecerá ao médico e o outro guardará para si; não se lembra do que fez com o seu.

Um abraço forte, o pai: Qualquer coisa, estou aqui.

Sólido, ele pensa. Sólido feito uma porta.

Uma ópera seca, dizia a mãe. Tentei escrever uma ópera seca.

Mas ela não gostava de ópera, pior, não *conhecia* ópera, nunca tinha ouvido ou assistido a uma ópera inteira na vida, apenas trechos, recortes mal escolhidos de péssimas execuções em CDs vendidos em bancas ou dados como brindes por jornais ou revistas de atualidades. Ópera seca, ela, entretanto, repetia na noite de lançamento a quem perguntasse.

Mas ninguém parecia de fato interessado.

Houve a festa. Numa grande livraria, no maior shopping de Goiânia. Muita gente compareceu. Mãe e pai tinham muitos amigos, ou conhecidos, todos jogados pelos cantos da megastore folheando seus respectivos exemplares recém-adquiridos e recém-autografados, lendo trechos em voz alta, falando de seus próprios projetos.

E ele se sentiu completamente perdido.

Estava com ela, já moravam juntos. Começava a trabalhar como tradutor. Não ficou muito por ali. A mãe não deu por sua falta, ou pelo menos fingiu que não.

Importa o quê, afinal?, ele pensa agora. Importa a obra, ou não. Melhor: importa a obra, ou é nada. Destacada em prateleiras de bestsellers em megastores ou perdida em estantes de bibliotecas de escolas rurais.

Importa que, exausto demais para cair no sono, apavorado demais para cair no sono, ele chega em casa vindo do apartamento do pai, do dia passado com o pai, ele chega em casa com ela e ela toma um banho e se deita ao lado dele na cama, ele vidrado na TV, ela se deita ao lado dele na cama e chora, de costas para ele, chora sem dizer nada, chora até desmaiar de cansaço, até desmaiar, ao que ele desliga a TV e vai até a sala e saca da estante o exemplar do livro da mãe, relê trechos noite adentro, em pé no meio da sala.

Apavorado.

Está apavorado. Tão apavorado a ponto de chamar pela mãe. Homens feitos também chamam por suas mães.

Ele é um homem feito, parado no meio da sala com o peito soberbamente aberto, a soberba própria do desespero, a soberba que só o maldito desespero é capaz de engendrar, pavor maiúsculo que o faz, homem feito, sacar da estante o livro morto da mãe morta e o reler noite adentro como se a chamasse, como se chamasse por ela, como se fosse ao encontro dela e ela viesse ao seu, como se a única possibilidade factível de sanidade estivesse nessa via-crúcis nada imaginosa e fatalmente patética, para não dizer tragicômica.

Na quarta capa, tomando dois terços dela, há uma foto da mãe.

Ele mesmo tirou a foto. A mãe sentada à mesa da cozinha, meio-sorriso nos lábios, postura estudadamente desinteressada, uma camisa masculina azul-escura (dele? do pai? não se lembra) e os cabelos presos, os cabelos então recém-pintados de ruivo, um ruivo discreto, amortecido, e os olhos bem abertos, ela sempre abria os olhos desmesuradamente ao posar para fotografias, e não adiantava dizer a ela que, Por favor, não abra os olhos desse jeito, não, eram sempre os olhos arregalados nas fotografias 3x4, nas fotografias em datas festivas, nas fotografias domésticas, nas fotografias em viagens de férias e mesmo nas antiqüíssimas fotografias em sépia ou em preto-e-branco da infância, as quais ela sempre preferia que não fossem vistas, ela as escondia, ela as guardava unicamente para si, São horríveis, dizia, eu era horrível, as fotografias que ela nunca mostrava mas que jamais queimaria ou jogaria fora, com as quais ela, sozinha em casa, passava horas e horas feito uma personagem senil de telenovela, fotografias que ele encontrou por acaso, moleque ainda, ao fuçar em um armário à cata de mercuriocromo para um cortezinho bobo, toda aquela tarde, a tarde toda com a mãe aos dois, com a mãe aos cinco, com a mãe aos treze, com a mãe aos dezenove, a mãe sempre, impreterivelmente, com aqueles olhos arregalados, como se não houvesse susto maior do que posar para fotografias.

O caminhão, ele pensa.

Sempre foi o caminhão. Porque ela, diante do caminhão, microssegundos antes do impacto, ela seguramente arregalou os olhos. Ela sabia, ele pensa, ela sempre soube, mas sempre soube de uma forma confusa, estranha demais, os *flashes* como faróis, como que lhe antecipando a coisa, dizendo a ela: Vai ser assim. Microssegundos. E o pavor. O pavor dela impresso em cada fotografia, um pavor facilmente ridicularizável, eventualmente cerceado (Não abra os olhos desse jeito), risível.

Risível, ele pensa.

Todo pavor é risível. E toda morte, toda morte também.

Toda morte é risível porque é de alguma forma previsível. Uma fotografia constrangedora de muito antes. A morte não está adiante, não está à frente. A morte está atrás. A morte é ancestral. A morte nos pega pelas costas.

A mãe foi pega de frente pelo caminhão, mas havia o que a empurrava, e era aquele velho pavor expresso pelos olhos arregalados.

Fecha o livro. Guarda-o na estante. Volta ao quarto e se depara com ela dormindo profundamente, lágrimas secas pelo rosto, a cara inchada. Tira-lhe a calcinha com cuidado, sem acordá-la.

Quero um filho, pensa.

Mas ela está seca.

Enterrou o gordo, entrou no carro e dirige de volta: "Olhos fixos na estrada; está mesmo escuro: é noite alta."

O segundo capítulo começa assim, o matador ao volante, sozinho, "dentro da noite escura, a própria noite escura". Há uma tentativa de descrever o matador, logo malograda. No decorrer do livro, todas as tentativas de descrevê-lo fracassam. A mãe se escusava dizendo que a idéia era essa mesmo, mas ele sabia que ela não fazia muita idéia do que estava fazendo, não estava apta a *conhecer* os próprios personagens. Como se eles estivessem ali, mas ela, não. Como se estivessem à espera dela, mas ela sempre em outro lugar, ou sempre procurando nos lugares errados.

Escrever é perder-se na selva escura de Dante, ela dizia sem medo do clichê, sem a menor intenção de parecer original, não, ela não queria parecer original, Todo mundo quer parecer original por esses dias, mas eu não, eu só quero contar uma história, só isso, e acho que por esses dias já é o suficiente, já é demais, é mais do que muita gente por aí consegue *suportar*.

Do carro, somos atirados, leitor e protagonista, em uma "lanchonete minúscula, de azulejos brancos encardidos".

"Ainda não são oito da manhã."

Sentado ao balcão, o matador toma um suco de laranja e conversa com a garçonete, "única funcionária do lugar", uma mulher "de trinta e tantos ou quarenta e poucos anos, bonita, cansada". Têm um caso há anos, mas "ele nunca disse a ela o que faz para viver, e ela tampouco perguntou a ele alguma vez".

Eles têm um caso há anos, exemplarmente rotineiro: todo dia ela fecha a lanchonete, sobe alguns quarteirões até o prédio em que ele vive e, uma vez no apartamento dele, cozinha alguma coisa ou ele pede uma pizza, comem, dão um tempo, bebem alguma coisa enquanto dão um tempo, fodem, dão mais um tempo, bebem mais alguma coisa enquanto dão mais um tempo, e ela vai embora.

Quando conversam, não é sempre, mas, quando conversam, conversam sobre banalidades.

Ele sabe um pouco dela. Sabe, óbvio, que é garçonete. Sabe que tem "um seio ligeiramente maior do que o outro". Sabe que ela prefere foder de quatro a papai-mamãe. Que ela prefere pizza portuguesa a qualquer outra pizza. Que ela não tem família. Que mora só em uma quitinete na Vila Nova, uma quitinete sobre uma loja de materiais de construção cujos vendedores são sempre muito simpáticos e com os quais ela, de passagem, eventualmente conversa, claro, com os quais ela, de passagem, eventualmente conversa sobre banalidades. Que mora só, que sempre morou só, que se acostumou a dormir só, que não "conseguiria" passar a noite com ele, no apartamento dele, apesar de, até como parte da rotina, ele a convidar todas as noites, noite após noite, para ficar:

"Você não precisa ir."

"Eu sei", ela sempre responde.

Responde e vai embora.

Ela não pergunta o que ele faz. Nunca perguntou.

Houve um tempo, ainda no começo, em que ela ensaiou perguntar diversas vezes, mas sempre hesitava, até que simplesmente perdeu a curiosidade, não quis mais saber, e, como ele não tocava no assunto, decidiu que o melhor era mesmo deixar de lado.

Não sabe a idade dele. Às vezes, após foder, ela o observa e tenta imaginar, adivinhar, a idade dele, mas nunca sentiu necessidade de perguntar. Gosta de se deitar sobre ele, olhos nos olhos, no silêncio suado e algo depressivo do pós-coito, e imaginar quantos anos ele tem.

"Mais novo do que ela, seguramente. Mas quanto? Cinco anos? Dez? Ela não sabe. Ela não pergunta. Ela gosta de imaginar."

A mãe narra como se conheceram. Banalmente. Ele entrou na lanchonete, egresso de um serviço. Mudara-se para o Universitário há pouco. Pediu um suco de laranja. A boca dela. Elogiou o suco. Ela o elogiou. "Fecho em dez minutos", ela disse.

Banalmente.

Tudo é provocativamente gratuito no livro da mãe. Ela talvez não soubesse disso, pelo menos não com clareza. Mas ela chega a tanto. É o que ela faz. O que ela atinge.

Então, sentado ao balcão da lanchonete, o matador toma o suco de laranja e conversa com a garçonete. Ainda não são oito da manhã. Falam sobre a consulta médica para a qual ele se dirige:

"Vou levar os resultados dos exames."

"Relaxa", diz a garçonete. E arremata: "Tudo vai ficar bem."

"Tudo vai ficar bem", ele lê, solto na noite do próprio

pavor, lê e relê, perdido na sala de estar pouco antes de fechar o livro e trilhar para o quarto e para ela, lê e relê e ri, não pode deixar de rir, não pode deixar de gargalhar ao ver que o segundo capítulo do livro morto da mãe morta termina com a garçonete dizendo ao matador que:

"Tudo vai ficar bem."

O pai não se sustenta mais, não constitui mais um todo coerente, sente-se vazado, esvaziado, desmembrado — insustentável.

Por quê? A mulher morta, ela desapareceu.

A personagem de filme mudo descolada ou arrancada da tela, que não falava ou gritava, o espírito aferrado ao esposo — desapareceu.

O pai não se sustenta mais.

Princípio efetivo da morte: os fantasmas dão o fora. É por onde a *coisa* começa. Melhor dizendo: a partir de quando a morte se configura visível, presente, tangível — anunciada.

A anunciação é essa fuga, ou está nessa fuga, auto-enclausurada. Êxodo de fantasmas, um mar Vermelho que se abre às costas de Deus. Sempre, sempre às costas do Senhor. Convite impresso em letra caprichada. Auto-relevo. Mais do que nunca, via de mão única. Pode começar a se desesperar — ou a se acalmar.

A morte, ou o seu princípio, é sempre algo alusivo, atirado para a frente, que se atira para a frente. Diagnósticos devastadores ou dores repentinas ou derrames fulminantes — não.

Antes disso, olhe ao redor.

Vê seus fantasmas? Eles deram o fora? Você está só? Irrespondivelmente só? Então é agora.

O começo efetivo do fim está em que, agora sim, o pai esteja *só*.

Qualquer coisa em toda essa turbulência que (velha, velha sensação) lhe quebrou os joelhos.

Sentia-se assim quando a conheceu. Muito jovem então, apartado de familiares e amigos e conhecidos. Um mísero gênio lecionando desinteressadamente. Planejava escrever um romance histórico, mas alguém lhe disse na sala dos professores:

Romances históricos cretinizam tanto a História quanto a Literatura.

(A entonação era de — pedia por — iniciais maiúsculas, exigia esse tipo de entendimento: História, Literatura.)

Recém-formado em Letras, mestrando em História, os joelhos quebrados porque nada era o que devia ser. Vida normal. Tudo se esfarelando. O normal da vida. Eu queria ser. Eu queria fazer.

O que queria: ser: escritor.

E mais nada.

Mas não era com ele.

Caminhava para casa após as aulas e mastigava esse amargor sem estar realmente com fome. Nunca sentia fome. Diante do espelho, após o banho, encarava-se sem o menor senso de humor. Masturbava-se antes de dormir. Relaxante.

Tinha sonhos ruins.

Ela foi lecionar na mesma escola. Eles se deram. Recém-formada em Letras, mestranda em o quê mesmo? Deus, eu não me lembro. Eu não me lembro de nossa primeira conversa, sobre o que foi? quem nos apresentou? quando foi que saímos pela primeira vez? chegamos a sair alguma vez? como foi a nossa primeira foda? quanto tempo depois? quanto tempo depois do quê?

Ela usava vestidos largos como o seu sorriso e nenhum gesto seu aludia às ou antecipava as rodas do caminhão, nada do que dizia ou fazia antecipava qualquer *acidente*. Uma vida tranqüila. Deus nas pequenas coisas. Deus das pequenas coisas. Deus, as pequenas coisas.

Eu gostava de lhe beijar os ombros e a virilha bem aberta; muito jovem, então. Nós nos demos e. Não me lembro de muito mais. Os joelhos quebrados, eu me lembro de ridiculamente atirar a máquina de escrever pela janela como forma de aceitação do quê, meu Deus? (eu cria), a máquina voou para o quintal e quando ela foi buscar eu gritei Deixa essa porra aí!, e ela se assustou porque eu nunca tinha gritado com ela antes e Nunca jamais eu prometo me perdoa não grito mais contigo mas é que eu eu eu queria muito muito mesmo conseguir você sabe essas coisas eu tenho tantas coisas em mim mas de que adianta se eu não consigo se me escapa se me é impossível organizar isso tudo isso e de alguma forma não dessa forma organizar sim isso organizar o meu próprio particular literário literariamente possível o meu *dies irae* meu mas não não nada não consigo eu meus joelhos quebrados, deitado em seu colo, o rosto meio escondido e a voz sumindo, ela sem saber o que dizer, o que fazer, mas dizendo, mesmo assim dizendo com pena Uns podem, outros não, ele a ouviu, ouviu e disse Mas tantos não podem e mesmo assim fazem, e ela sorriu Mas esses são os idiotas, os poetastros, os ridículos, e ele entendeu e se calou.

Antes nada, então, pensou, antes *não*.

A mesma velha, velhíssima sensação trazida pela anunciação.

E ele não a enxerga mais; ela desapareceu, talvez no instante em que filho e nora adentraram o apartamento com a notícia e ela, porque morta, já soubesse e tenha preferido não presenciar pai e filho, o filho dizendo ao pai que.

Médicos e mortos sabem das coisas, pensou o pai no momento em que filho e nora foram engolidos pela garganta negra do corredor e ele recuava vaziamente para o útero seco, desprovido mesmo de fantasmas e afins — seu apartamento.

Joelhos quebrados.

Procurou por ela.

Procurou por ela em todos os cômodos, atrás dos móveis, dentro do guarda-roupa, debaixo da cama, dependurada na janela, encaixada nos lustres, metida num filme mudo, boiando na privada, afogada na pia do banheiro ou da cozinha, nos restos de comida, no congelador, no meio de um exemplar do seu romance feito um marcador de páginas, ampla e desgraçadamente ciente de tudo.

Mas ela tinha mesmo dado o fora.

Agora, sentado na privada em pleno ato de cagar, lendo para tanto ou enquanto isso o *Da natureza* de Tito Lucrecio Caro, cansado de procurar, tudo o que fez nos últimos dias foi procurar e procurar, tendo há pouco recebido um desesperado telefonema da nora, lendo sem efetivamente ler — ele não se sustenta mais.

O livro no colo, os olhos já não percorrem as linhas.

A nora chegará a qualquer momento (longo intervalo de desespero), eles irão se sentar à mesa da cozinha, nada a fazer.

Ninguém tampouco quer ser consolado.

Exibir um tal desespero em todas as suas cores e sons, falar dessas coisas e mais nada. Não espera que eu ajude, certo? Não espera que eu sirva de alguma coisa, certo? Não espera vir aqui e depois ir embora aliviada, certo? Dizer isso a ela.

Ele caga: estou cagando. Se ele lá, morte-em-marcha, caga ou está cagando, por que eu não? A coisa me escapa. Mas aqui para isso, não? *Exactamente*. O som do mergulho é doce, embora malcheiroso. Fibras fazem bem. Esqueletos dos vegetais. O paradoxo fibroso consiste em que, embora não *alimentem*, são essenciais à saúde.

Pão integral. Ser integral.

Lucrécio escorrega até o chão.

Abismado, o pai olha para baixo.

Uma ereção.

Não se lembra da última vez em que viu e sentiu o pau ostensivamente *ali*, encarando-o a uma distância parcamente segura, posto que ao alcance das mãos.

Mão direita, no caso. Não leva muito tempo.

Não é preciso muito.

Goza, um nada de porra nas costas das mãos: à boca.

Um livro, é claro que dá um livro. Tem muita coisa ruim, a pilha maior, aquela ali, ó, a pilha maior é de coisas ruins, mas tem muita coisa boa, também. Pelas datas, ela datava os poemas, pelas datas dá pra ver que ela estava evoluindo, escrevendo cada vez melhor. Então, eu vou organizar um livro com os poemas dela, já estou organizando, e você bem que podia falar com o pessoal das editoras, você conhece todo mundo, as editoras do Rio e de São Paulo, sugerir, dar uma força. Você pode fazer isso?

Posso, ele concorda, reticente, mas, assim, eu não garanto nada.

Ela tem alguns poemas realmente bons. Nada que vá te envergonhar, sabe?

A essa altura, não preciso ter medo de ter vergonha de nada.

Você me entendeu.

É, eu te entendi. Faz assim: continua trabalhando, organizando a coisa toda, que eu falo com os caras.

Ok.

Mas eu não garanto nada, viu?

Tá, eu já entendi.

Quase meio-dia, ela acordou mesmo tarde.

Hoje é sábado, foi a primeira coisa que disse. Como está se sentindo?

Ele desviou os olhos da TV pensando seriamente no que ela acabara de dizer, pensando sobre o que uma coisa (hojeésábado) teria a ver com a outra (comoestásesentindo?), e respondeu que Ótimo, a gente podia até dar um passeio, ir ao shopping, sei lá.

Ela não sacou a ironia e aceitou, Por que não?, e ele se viu longe demais para voltar atrás sem sequer sair do lugar. No momento seguinte, enquanto se vestia, ela desandou a falar sobre os poemas da mãe.

Não quero publicar aqui, não quero que saia por aqui, por nenhuma editora daqui, porque não faz sentido, você, além de *pagar* por toda a edição, ainda tem que fazer uma festa de lançamento idiota e agüentar esses medalhões locais e, depois de tudo, ainda voltar pra casa com *novecentos* exemplares encalhados. Não faz sentido, meu bem. Não faz o menor sentido. Em que shopping a gente vai?

São todos iguais, ele pensa, ele pensa e não se sente exatamente original ao pensar que, droga, eles são todos iguais. Esconder-se, claro, o lugar-comum de se esconder numa livraria, para comprar ou não um livro, um livro não muito grosso, claro, não teria ou terá tempo de ler um calhamaço, um livro caudaloso, Musil e Mann ele procura evitar a essa altura da vida e, claro, a essa altura da morte, a morte que cresce e o agasalha, a idéia de morte, a idéia espalhada pelo médico, a idéia que o médico, mesmo sem ele ouvir, mesmo ele fazendo questão de não ouvir, a maldita idéia que o médico *enfiou* em sua cabeça, *meteu* em sua cabeça, não estava lá antes, não estava lá (estava onde? onde estava?), não era nada, nada, nada.

Percorrem as estantes lado a lado, eventualmente dão-se as mãos, mas ela não está ali, não está em qualquer lugar, dela não se pode sequer dizer que está ensimesmada, não, não está em si, não está nele, não está em lugar nenhum.

Irritou-se com ele antes de saírem de casa, uma mísera piada, algo que ele disse e riu quando o elevador travou, eles ali dentro sozinhos e ele disse Tomara que não demore muito, posso começar a feder.

Qual o som de uma ficha que cai? No caso dela, um estrondo. Ela gritou, e gritou muito, exigiu dele que não se colocasse assim (morto?), ao que ele retorquiu Mesmo que seja exatamente assim que eu me sinta?

Você não está morto, eu estou aqui com você, eu estou *viva*, nós estamos *vivos*, que merda!

E ela repetiu e repetiu e repetiu, repetiu no elevador e depois no carro, até que se calou.

E agora, ele pensa, parece mais morta do que eu, ele pensa e sorri, e pensa também que Menos mal.

Vem, ele chama, quero tomar um café.

Não vai comprar nenhum livro?

Depois. Depois a gente volta.

Início de tarde de sábado, as sessões de cinema estão para começar e há uma febre ou curto-circuito hormonal em cada cabeçorra espinhenta que passa diante deles, e passam muitas, garotas de dezesseis, ele nota, carregando consigo implantes de silicone que denunciam a velhice precoce, a apatia de bonecas infláveis, escafandros vazios queimando céleres sob aquele céu de vidro aterradoramente baixo, peixes balofos boiando perdidos num aquário que comporta tudo, exceto oxigênio.

Eu não consigo respirar, ele murmura, mas ela não o ouve, ela está fora, ela não está em lugar algum. Ele a encara, mas ela não o encara, ela encara um panfleto de hipermercado, fotos de coisas & seus preços, ela encara um panfleto de hipermercado como se folheasse paquidermicamente um álbum de família particularmente tedioso.

Ele pensa em dizer a ela uma coisa qualquer, chega a abrir a boca, mas ela o interrompe sem desviar os olhos do panfleto:

A gente podia pegar um cinema.

É um Shakespeare, estava escrito no cartaz, apareceu escrito na tela logo no começo da projeção, é um Shakespeare, mas *não* é um Shakespeare. O texto, bem, o texto está *lá*, em algum lugar, mas todos na tela estão por demais ocupados em *aparecer*. Ela repousa a cabeça em seu ombro, estão de mãos dadas. No meio da projeção, sem quê nem por quê, ela pede Me desculpa.

Pelo quê?

Não estou sabendo como... você sabe.

Esquece. Está tudo bem. Tudo normal.

Mas quando Shylock é *pego*, ele pensa que não, não está nada bem. O que é, uma farsa policialesca, um "filme de tribunal"? Claro, uma farsa, tudo uma *farsa*: ele morto, ela no choro. Mas está tudo bem, ele a beija no rosto e na testa, tudo muito bem. Entre o almoço e a sobremesa. Em meio à sujeira.

Tanto que, agora, mal ou bem, podem almoçar. Os cinemas absorveram um pouco dos adolescentes, daí que menos espécimes, ele nota, caminham e grasnam pela praça de alimentação. Mas pizzarias, lanchonetes toda sorte de porcarias: estão cercados. Optam por uma lasanha.

Vai mesmo dar um livro pro médico?

Vou. Acha bobagem?

Não, mas... você mal o conhece.

Eu o conheço de alguma forma, não?

Como assim?

Da *pior* forma.

Por quê?

A "condenação" veio pela boca dele.

Não, a condenação veio pelos exames.

Sim, mas foi ele quem me traduziu a coisa, quem me disse o que é e o que vai ser.

Coisa que você nem ouviu.

O que não muda porcaria nenhuma.

Dê o livro a ele, então.

Pode ser que ele goste.

Como sabe?

Dei uma olhada na estante dele, no consultório. Uma pá de livros estranhos.

O livro da sua mãe é "estranho"?

Talvez, ou apenas ruim, não sei direito.

O que é um livro estranho?

Não sei se consigo explicar.

Tenta.

Ele respira fundo e Um livro estranho é um livro que não se permite ler.

E, no entanto, ela diz, há quem leia.

É, ele sorri. Mais ou menos isso.

Ela afasta o prato. Ela está sorrindo.

No terceiro capítulo do livro da mãe, encontramos o matador na cama, sozinho. É "quase noite". O matador senta-se na beira da cama, boceja, esfrega o rosto com as duas mãos e abre a gaveta do criado-mudo, de onde tira um revólver. Gira o tambor, a arma contra o peito, aperta o gatilho: nada. Guarda o revólver e vai ao banheiro.

Um matador encara a morte. Nenhum segredo, nenhum mistério. Nenhuma mágica, dizia a mãe. Coisas concretas aqui. Como se isso fosse vantagem. Uma descrição banal de algo chocante.

O que a mãe queria com isso?

Ela disse: Banalizar a morte.

Nesse sentido, morrer atropelada por um caminhão de lixo foi uma baita ironia.

Na verdade, é como se a transcendência surgisse por sua negação. Contar uma história de forma terrivelmente banal, no limite da verossimilhança. Ou, como ele pensou ao ler, simplesmente meter os pés pelas mãos.

Confeccionar um belo paletó de três mangas.

No chuveiro, o matador escorrega até o chão e se põe a chorar. E as coisas começam a se complicar. Não há menção à consulta para a qual ele se dirigia ao final do segundo capítulo.

Ele sai do banheiro e volta para o quarto. Senta-se novamente na beira da cama. Pega o telefone celular. Disca um número.

"Oi. Pode vir aqui quando sair? Estou em casa."

Há um "corte". A garçonete entra, encontra-o deitado na cama. Dorme. Ela se deita ao lado dele.

"Não é preciso que se diga nada."

Por que eles não trepam?, perguntou o pai quando leu o capítulo. Seria mais *real*, pelo menos.

Ele se perguntou, Pessoas desesperadas trepam? Não soube responder. Mas pensou que, se aquilo fosse um conto, poderia muito bem terminar ali. Haveria salvação caso terminasse ali. Mas não terminava ali. Não termina ali.

Mais "real". Mas, ele pensa, não existe "realidade" que resista a um caminhão.

E o terceiro capítulo se arrasta. É como que uma busca cega pela descrição ideal de algo que, a rigor, não pode ser descrito. A mãe queria imprimir a morte naquelas páginas. Acabou, ela própria, impressa no asfalto.

Uma baita ironia.

Ele se lembra de um amigo escritor lhe dizendo, citando alguém: Toda morte é original, única, porque é só nossa. A mãe talvez soubesse disso. Talvez adivinhasse. São ironias que se amontoam feito a louça suja do almoço de domingo. Ironias espúrias, claro. Espúrias como o sorriso dela ao afastar o prato, sentados a essa mesa de shopping.

Estão calados agora. Ela olha ao redor, procura o que fazer. Ele ainda come e pensa na própria morte, tenta pensar nela sem pieguice, o que só a torna ainda mais piegas.

A idéia da própria morte é recém-nascida.

Tem que aprender a lidar com ela, precisa crescer com

ela, forçar um amadurecimento mútuo em direção à morte propriamente dita, em direção ao nada.

Ao nada. Ele gosta de pensar Nada. Gosta de dizer Nada.

O quê?, ela pergunta.

Não falei nada.

Falou, sim.

O quê?

"Nada."

Ele sorri, mas ela não quer mais saber. Come logo, diz.

Por que a pressa?

A gente pode ver outro filme, se você quiser.

Há uma enorme fila de pré-debutantes, garotos com roupas de negros norte-americanos e um ou outro adulto profundamente deslocado. Barulheira. Ninguém parece se importar com que filme vai assistir. Colocam-se na fila, compram seus ingressos e entram na sala de exibição e não se ouve ninguém comentar ou perguntar qualquer coisa sobre o filme. Quando se dá conta, está sentado outra vez na semipenumbra, uma sala maior e mais lotada do que a primeira, e o filme começa. No momento em que o filme começa, ele, como que por reflexo, imediatamente fecha os olhos. Não dorme, não desmaia: apenas fecha os olhos. Minimanifesto solitário pela manutenção da própria sanidade: se não é possível fugir, feche os olhos. Mas feche os olhos com toda a força, com toda a maldita força. E pense em outras coisas.

Pense em sexo.

Ele pensa na primeira vez em que treparam. Tinham sido apresentados na entrada dos cinemas, naquela mesma entrada dos cinemas pela qual passaram há pouco, naquele mesmíssimo shopping. Um amigo em comum. Depois, descobriram que, inúmeras vezes, estiveram nas mesmas festas universitárias. Ele acha isso extraordinário. E, agora que está à morte, acha extraordinariamente triste. Perderam tempo. Não sabe se ela concorda, mas durante todo aquele tempo em que poderiam ter se conhecido, em que freqüentaram os mesmos ambientes sem serem apresentados, ele pensa que não fez nada de proveitoso, pensa que estaria melhor se já estivesse com ela. Foram se conhecer depois de suas respectivas formaturas. Um amigo em comum. Uma sessão de cinema de meio de semana, no meio da tarde, no meio da porra da vida. Ele já traduzia. Ela já dava aulas. Num meio de tarde. Não se lembra que filme era. Ela se lembra. Eventualmente, ele pergunta a ela:

Que filme a gente viu quando se conheceu?,

e ela finge irritação por ele não se lembrar e não responde. Talvez ela também não se lembre, ele pensa. Após a sessão, tomaram um café e o amigo teve que ir. Combinaram um jantar no fim de semana. Conversaram sobre literatura, sobre a coincidência de terem estudado na mesma universidade, na mesma faculdade, no mesmo prédio, de terem ido às mesmas festas e mesmo assim nunca terem se encontrado, sobre o filme que tinham visto (qual?), sobre música, sobre suas vidas, sobre a mãe dele (Vai lançar um romance no fim do ano, disse, o primeiro dela.), sobre tudo.

No fim de semana, jantaram e beberam e depois foram para o apartamento dela. Morava sozinha. Treparam.

Quando a penetrou, ela sorriu.

Ele nunca vai se esquecer de que, quando a penetrou pela primeira vez, ela sorriu. Um convite, uma passagem, um SIM.

Ele pensa que seria muito legal e bonito se, naquele momento, no momento em que a penetrou e ela sorriu, ele tivesse certeza de que ficariam juntos, mas as coisas, ele pensa sorrindo de olhos fechados, as coisas não funcionam assim. Nunca funcionaram, nunca vão funcionar.

Nunca, nenhuma certeza de nada.

Ela ri de alguma coisa. De uma cena do filme a que assiste. Ele ri também. Não abre os olhos, mas ri.

Começaram a namorar. Em seis meses, resolveram morar juntos.

Ele a penetrou e ela sorriu. Em seis meses, moravam juntos. Entraram no apartamento dela. Um apartamento pequeno, poucos móveis, um CD player portátil no chão da sala e três pequenas pilhas de CDs. Ela colocou Portishead. Depois que treparam (foderam), ela disse Portishead devia ser a trilha sonora mundial oficial para primeiras fodas. Ele riu. *Give me a reason to love you.*

Ela sorriu quando. Uma razão assim bastante forte.

A sala de espera vazia.

A secretária folheia uma revista feminina, ele tem que perguntar duas vezes se O doutor está?

Ela o encara com uma expressão o-senhor-marcou-hora? e pergunta se O senhor marcou hora?, ao que ele explica que Não, eu só quero entregar este livro a ele, uma lembrança, um presente.

A secretária pede Um momento, por favor, pega o telefone, disca, diz que Um paciente (O senhor é paciente, certo? Fui, fui paciente dele), Um ex-paciente quer vê-lo, diz que será rápido, quer apenas lhe entregar (Um presente? Sim) um presente.

Ela pergunta o nome dele, ele responde e ela diz ao médico.

Desliga o telefone após um Sim, doutor e diz a ele Entre, por favor.

Então: espaço branquirestrito, paredes branquestupefatas, escrivaninha surda, rosto nulo-anulador do médico:

Ah, é o senhor. Bom dia.

Bom dia, doutor. Desculpe incomodá-lo.

Não, não é incômodo. Está sentindo alguma coisa?

Não, eu estou... bem.

Veio marcar (sente-se, por favor), veio marcar o início do tratamento?

Não, na verdade, não. Só vim lhe trazer *isto*.

Estende o livro para o médico, que não entende: Não entendo.

É só um presente, nada demais. Minha mãe, já falecida, minha mãe o escreveu.

Sua mãe?

Sim, minha mãe.

Mas... por quê?

Eu... eu não vou fazer o tratamento, doutor.

O médico o encara. Respira fundo, coloca o livro delicadamente sobre a mesa e diz que É suicídio.

Talvez, mas isso não vem ao caso.

Não vem ao caso? Você sabe a gravidade que?...

Eu sei, doutor. Perfeitamente.

Incrédulo, o médico olha para a capa do livro, o livro sobre a mesa.

É uma tela de Francis Bacon, ele diz.

O médico não diz nada.

Expulsa-se do consultório com um aperto de mãos, passa rapidamente pela sala de espera, deixa o prédio e, uma vez dentro do carro, deixa escapar uma gargalhada tão forte que parece lhe arrancar os dentes, lançando-os contra painel e pára-brisa. Quando afinal contém o riso, pensa: O que foi aquilo? O que é isso tudo?

O que é, é: está de passagem.

Há dias vem repetindo para si mesmo que está de passagem. Todos de passagem. Todos somos passageiros. Mas, se somos todos passageiros, quem está conduzindo a maldita *coisa*? Ninguém. Ninguém está conduzindo a maldita *coisa*. Qual a novidade? Nem se trata de ateísmo ou de niilismo, diz para si mesmo enquanto dirige — para onde mesmo?

Ninguém na direção; todos passageiros. Muita gente pelas calçadas. Gente demais pelas calçadas, o trânsito, não, nenhum acidente como no outro dia.

O colégio. A escola.

Quando se dá conta, já estacionou o carro e observa a entrada pelo retrovisor. Em que mês estamos? A recepcionista é a mesma. O nome dela? Nove anos mais velha. Ela vai olhar para mim e saber. Será mesmo? O que ela pode saber? Posso contar para ela, eu sempre posso. Mas por quê? De passagem. Vou dizer a ela: Estou de passagem.

Desce, aciona o alarme, vinte e seis passos e ela: Sim, senhor?

Estudei aqui.

Muita gente estudou aqui. Eu mesma estudei aqui. O que deseja?

Dar uma volta. Estava de passagem, vi o colégio e, sabe como é...

Eu sei, senhor. Gostaria de falar com alguém em particular?

Não, apenas dar uma volta pelo pátio, pelos corredores. Estou de passagem.

Ela sorri e pede Sua identidade, por favor.

Ele a entrega, recebe em troca um crachá de VISITANTE e um Bom passeio, senhor.

Três grandes pátios arborizados, as salas e corredores ao redor deles. Não mudou muito, apenas a tinta nas paredes e alguns bancos de concreto. Todos em sala agora. Ouve e vê os professores, a maioria novos, Nenhum do meu tempo. O primeiro pátio, o segundo, o terceiro; quando no meio do terceiro, uma voz familiar. Aproxima-se, a última sala à direita.

Do meu tempo.

Uma sala-laboratório, trinta e poucos alunos em semicírculo e, no centro, jaleco branco, cabelos e barba brancos, o professor, um professor. Não se lembra o nome, mas se lembra perfeitamente dele. Física. Aproxima-se de uma das janelas abertas, as mesmas grandes janelas de antes, encosta-se na parede, de costas, e a partir desse momento é todo ouvidos.

É a Segunda Lei da Termodinâmica, certo?, pergunta o professor. A Primeira, como vimos, trata do princípio de conservação de energia. A Segunda foi enunciada por Rudolph Clausius em 1850, e também por Lord Kelvin e outros — na verdade, com o passar dos anos, surgiram mais de vinte enunciados para a Segunda Lei. Basicamente, Clausius afirmou que o calor sempre flui do corpo mais quente para o corpo mais frio. A grande maluquice é que por trás de um enunciado aparentemente tão elementar esteja todo o mistério da vida e da passagem do tempo. Porque a Segunda Lei está assentada numa palavra-chave: *entropia*. Entropia vem do grego e significa algo como "troca interior" ou "conteúdo de transformação". Em termos leigos, entropia significa desordem, ou explica os motivos pelos quais a desordem sempre tende a crescer em detrimento da ordem. Como a energia utilizável no Universo, por exemplo, que está sempre diminuindo, é cada vez menor e mais difícil de ser conseguida. O avanço do tempo, portanto, é diretamente proporcional ao avanço ou aumento da entropia. Logo, a entropia, num sentido mais amplo, pode ser encarada como a própria passagem do tempo. Um exemplo bastante simples disso é o nosso próprio corpo. Com o passar dos anos, nós nos tornamos mais e mais flácidos, murchos, acabados e senis, até virtualmente implodirmos — ou explodirmos, dependendo do caso. Entropia, no que nos interessa aqui, é uma medida: a medida do estado de desordem em que a energia se encontra. Quanto maior a desordem, maior a entropia, e a entropia sempre cresce. Caso ela diminuísse, seria o próprio tempo voltando.

Faz uma pausa, pigarreia, e continua:

Muito embora a Segunda Lei se refira apenas a sistemas isolados, que não trocam energia com o ambiente (não fosse assim, ela inviabilizaria as idéias de Darwin, posto que a vida no planeta evoluiu de seres unicelulares até os organismos complexos que temos e somos hoje), o seu princípio é tão fascinante que me permitiu traçar as comparações e formular os exemplos que citei há pouco e a conclusão que se segue.

Pigarreia outra vez, a turma uma massa silenciosa não se sabe se por tédio ou por interesse.

Prossegue dizendo que A maneira como se dá o "progresso" humano é entrópica, e crer que as ciências estão aí para aumentar o coeficiente de ordem é um erro tão comum quanto crasso. A maneira irracional como dispomos dos recursos naturais, por exemplo, é francamente suicida, posto que acelera a entropia. Estamos progredindo, sim, para o colapso. O mesmo para os que dispõem do próprio corpo de forma desregrada, irrefletida, pela via dos excessos. O esgotamento não é apenas uma conseqüência do progresso, mas segue, sim, uma lei natural. A "evolução" aponta para o colapso, ou, pelo menos, para o colapso da vida tal como nós a entendemos. Alguma dúvida?

Silêncio.

Nenhuma?

E um dos alunos: Professor?

Alguma dúvida?

Eu tenho uma, sim.

Diga.

O que é “crasso”?

Fim de jogo, a sirene avisa. Todos saem a toda. Quando o último aluno deixa a sala, ele entra. Sentado à mesa, o professor organiza papéis, idéias, o tempo.

Olá, ele diz.

O professor o encara.

Não se lembra de mim?

Deveria?

Não, não deveria. Mas fui seu aluno.

Sei.

Aqui mesmo, há coisa de dez anos.

Dez anos?

Mais ou menos.

Sei.

Fiquei ali fora, ouvindo a sua aula.

Boas lembranças?

Olhando daqui, sim.

Sei.

Não se lembra de mim, certo?

Não, não me lembro. Mas nunca fui bom em me lembrar de alunos. Nunca fui bom em me lembrar de nada, aliás.

É a vez dele dizer: Sei.

O que você faz, ex-aluno?

Sou tradutor.

De quê?

Alemão e russo.

Meu Deus.

Não é tão ruim quanto parece.

Imagino que não, o professor sorri. Tenho que ir agora. Meia hora para almoçar e outra escola, do outro lado da cidade.

Entendo.

Bem, boa sorte, então.

Até.

O professor sai primeiro do que ele, apressado. Ele olha ao redor, as carteiras em desordem, o chão imundo, alguém esqueceu um caderno. Muito novo para acessos de nostalgia, pensa. Pensa e sorri. Pensa e sorri e trata de dar o fora o mais rápido que pode, quase passa direto pela recepção, Sua identidade, senhor, Claro, me desculpe, obrigado, caminha até o carro, entra, dá a partida e arranca como se fugisse, está fugindo: não olhar para trás, muito novo, novo demais para olhar. A morte é ancestral, a morte nos pega por trás. Mas não pode, não *pôde* deixar de olhar. Muito novo, novo demais. Sua identidade, senhor. Qual? Ainda tenho uma? Não me reconheceu, o velho não me reconheceu. Esperava o quê? Meia hora para almoçar, outra escola e coisa e tal. Esperava o quê entrando ali e se esgueirando pelos corredores e atravessando o último pátio por causa de uma voz, de uma velha, velha voz. Esperava o quê? *Sentir* tudo de novo, ou de alguma forma voltar, realmente voltar? Não me reconheceu, pensa. Mas também nem se deu ao trabalho de perguntar o meu nome. Qual o seu nome, ex-aluno? — não, nada disso. E é o que, então?

Ora, é adeus, ex-aluno. Adeus e adeus.

Ela está na cama, deitada, lendo um jornal.

Adiantei as minhas férias, diz.

O que disse a eles?

Que preciso estar com você.

Boa desculpa.

Entregou o livro?

Entreguei.

O que ele disse?

Nada.

Nem quando você falou que não vai fazer o tratamento?

Ele disse que é suicídio.

E você?

Eu? Por que eu tinha que dizer alguma coisa?

Mas você disse.

Falei do livro. Falei que a pintura da capa é do Francis Bacon.

Ele se senta na beirada da cama, de costas para ela, e olha para a TV desligada.

Eu pensei, diz, que a gente talvez pudesse, sei lá, viajar.

Não quero transformar meus últimos dias num road movie nacional.

É preciso entender que: ela não pode deixar de rir. Não um riso estourado-estouvado, mas um riso para-não-chorar, um riso melancolicamente enternecido e consciente da própria gratuidade. Um riso de si para si, não para ele, que vai morrer.

Qual o problema com road movies brasileiros?

Nunca chegam a lugar algum.

É preciso entender que: ele não pode deixar de rir. Como ela, pouco antes, um riso algo envergonhado. E é rindo, na verdade sorrindo, que ele se despe e se deita sobre ela e diz Vamos trepar.

Mas ela o empurra, faz com que ele role para o lado, deixando-o descoberto e com o pedido (Vamos trepar) solto pelo quarto, esvaziado.

Ele sabe que não deve perguntar, mas pergunta Que foi?

Estirada a um lado seu, ele nu, pensando em quê? Ela ouve e fecha os olhos e pensa que seria mesmo uma boa se pudesse simplesmente, com o auxílio de aspas e/ou de travessões, pudesse simplesmente responder que:

— "Estou pensando em má literatura".

Mais-que-perfeito personagem de um livro-dentro-do-livro, ele pensa, eu estou morrendo, sim, mas e daí?

Não vai chorar agora, vai?

Sim, ela vai.

O que você quer?, ela perguntou. Por Deus, o que você quer?, ele se pergunta.

Um maldito jogo de espelhos trabalhado inconscientemente pela mãe.

Mas a mãe foi *punida*.

A mãe foi devidamente julgada e condenada e punida por essa *brincadeira*.

A mãe não sabia, mas *devia* saber.

Ela tinha a *obrigação* de saber. Ela *tinha* que saber.

Mas não.

Ela não sabia. Ela não tinha como saber.

Má literatura, ele pensa. Não é feita para fazer sentido. A exemplo da vida.

Ele se veste e a abraça.

Pára de chorar, pede. Mas ela não pára.

O pai a recebe de pijama e com um sorriso, estatelado na semi-escuridão do apartamento fechado. Ela adentra o apartamento, ele fecha a porta e pergunta Como vai tudo?

Mal, ela responde e vê o sorriso desaparecer do rosto do pai e pensa Que merda e suspira, olhando ao redor, como se procurasse pensar em outra coisa ou simplesmente pensar em alguma coisa.

A sala tem as janelas e as cortinas fechadas, ali tão escuro quanto o mundo.

Vou viajar, diz o pai. Não tenho mais saúde para essas coisas, para nada disso.

Vai nos deixar a sós?

Em que eu posso ajudar? Não posso fazer nada.

Mas podemos ficar juntos.

Nunca estivemos juntos.

Agora estamos juntos.

Não, não estamos.

Não?

Não. Você está assustada e veio até aqui me falar sobre como ele está mal, sobre como você está mal, e eu vou lhe ouvir, não vou?

Vai.

Então, eu lhe pergunto: e daí?

Como "e daí"?

Você vai se sentir melhor?

Não.

Aliviada?

Não.

Mais preparada para lidar com ele, com a doença dele, com a *morte* dele?

Não.

É por isso que eu lhe digo: nada.

Nada?

Nada. Não adianta nada.

Eu... eu falei com o médico dele, e o médico dele me disse que ele *quer* morrer.

Mas ele mesmo já havia lhe dito isso, pondera o pai.

Eu sei, mas eu quis saber do médico, ouvir dele.

Por quê?

Eu... eu não sei. Eu só queria... Ele se recusou a fazer qualquer tratamento.

Sim, diz o pai, ele quer morrer. E eu estou cansado. Vou viajar.

As mãos escondem o rosto, ela chora. O pai se cala; está cansado, vai viajar.

Calmos agora. Na medida do. É possível. Uma xícara de café, uma para cada. Conversam.

Não há nada que você possa fazer, diz o pai.

Coisa que ela, É, eu... eu sei. É que eu tenho medo dele, sei lá, ele...

Ele não vai se matar, afirma o pai. Pelo menos não mais do que já está se matando. Vai se deixar assim, do jeito que está agora. Vai ficar em casa, tranqüilamente.

Tranqüilamente?

É. Tranqüilamente.

Ela olha para o fundo do copo, mas não enxerga nada por lá.

O pai pergunta E os poemas?

Tenho tentado organizar.

Ainda não percebeu?

Percebi o quê?

Que eles são mesmo muito ruins.

Ela sorri e diz que Nem todos. Nem todos.

Nenhum consolo, nenhuma afetuosidade. Algo de patético também. Além disso, quando tudo parece indicar (exigir?) o advento de um flashback ou mesmo de uma digressão, nada acontece. O leitor é mantido prisioneiro daquela situação narrada com toda a gratuidade, permanece preso àquela morte em andamento, àquela morte a caminho, morte-em-marcha.

Matador e garçonete têm nomes, mas é como se não tivessem. O que talvez diga tudo.

Acordam lado a lado. Pela primeira vez, a garçonete passou a noite com o matador. Ele só descobre pela manhã, ao acordar e se deparar com ela ali, ao seu lado. Inteiramente vestida, e ele nu. Alguém está inteiramente vestido (ela sequer descalçou as sandálias). Alguém está completamente nu. Ela acorda e eles se abraçam, depois se beijam e "acabam fazendo amor". A descrição é rotineira. A mãe chama as coisas pelos nomes, o que para ela significava uma grande vantagem. A garçonete pede ao matador que não goze dentro. Ele obedece e "goza em seus seios e em sua barriga". "Permanecem abraçados por um longo momento, e é como se adormecessem outra vez."

À mesa da cozinha com a nora. Completamente desorientada. Incrível como, mesmo em desespero, mantém-se centrada. Seu desespero não é desorganizado. Ela não grita. Argumenta. Ele diz Vou viajar. Toda a surpresa estampada na cara dela. Incrédula.

Vou viajar.

Não.

Ele não vai viajar.

Não vai trasladar o que chama de Minha Carcaça Viúva daqui para lugar algum. Vai permanecer trancado. Vai se trancar e permanecer assim. Uma idéia daquelas. No banheiro, em gozo, ao levar as costas da mão direita à boca e sentir o gosto de *nada* da porra que escorria, teve uma idéia daquelas. Coisa de gênio, gestação ao contrário, o fechamento total sem previsão de abertura ou reabertura, a viagem dele, pai, e de mais ninguém.

Trancado em casa, trancado como nunca, assombrar a si mesmo: a viagem do pai, esta toda a viagem do pai, assombrosa, insustentável e genuinamente seminal em sua especificidade genital.

Após a saída da nora, tranca portas e janelas, desconecta o telefone, tira toda a roupa. Todas as fotos da mulher morta que encontra, espalha pelo chão da sala, do corredor e do quarto. Uma missa negra por ejaculação. Em seu elemento, mas num seu-elemento renovado, inacreditavelmente erétil e ereto; sabe exatamente O que tenho, o que preciso fazer, e é algo bem maior, muito mais complexo do que simplesmente me trancar aqui e me despir e espalhar fotos e acender velas e me masturbar e olhar a minha porra desengraçada, não, o que eu preciso fazer, a primeira coisa, antes mesmo de se trancar, foi ao mercado, tudo o que vai precisar, meses ali se quiser, o olhar enviesado desconfiado do caixa, dois carrinhos abarrotados, mas nenhuma pergunta, ele mesmo não se Eu não me pergunto nada, tenho tudo pronto, o que e como, não preciso me perguntar coisíssima nenhuma.

Afasta os móveis da sala, amontoa-os num canto. Coloca as fotos de três em três, quatro passos entre cada trio, e uma vela a dois passos de um e de outro trio. Fotos dispostas cronologicamente. O primeiro trio, dela ainda moça, em uniforme de colégio, preto-e-branco. O último, no quarto à beira da cama, fotografias tiradas duas semanas antes do caminhão de lixo. Inundar com porra um espaço de quarenta anos, uma vida de A a Z ou quase, lavar com esperma toda essa memória turva, até o esgotamento, Até que eu me veja seco e plano como cada uma dessas fotografias, aí, sim, esvaziado e insustentável e apto para as roupas e para a rua, à vista de tudo, de tudo, ainda que positivamente perdido de e para todos.

Come sentado no chão da cozinha. No alto, vê através da janela, o dia finda. Na sala, calor de velas nas costas, primeiro trio à frente, ele inicia. Não é um vôo muito longo, dois minutos e sua porra insubstanciosa está nas coxas; não chega ao chão ou às fotos. Ainda tremo sob o chuveiro, meu peito fundindo explosões mínimas. Minha porra. Alimentando-me bem. Dores de cabeça eventuais. Talvez um aneurisma. Regulagem de rotina. Espalhou as fotos. Coxas espelhadas de porra. Primeira missa negra. Liga a TV: um trem descarrilou em algum lugar do outro lado do universo eles nunca eles não filmam os corpos o que têm eles contra os corpos carne ossos quebrados sorria quero ver se reconheço a sua deliciosa arcada dentária minha fantasma desaparecida pleitear pensão do governo tenho uma esposa morta ectoplásmica desaparecida.

Adormece no chão, a TV ligada visando o nada.

Manhã seguinte, luz débil-azulada acordando-o antes das sete. Cortinas azuis, antes tivesse colocado mais escuras. Caderneta e lápis, escreve:

> **como desaparecer completamente** // começa pelos dedos dos pés. antes, senta-te no chão da sala. antes ainda, livra-te dos móveis e dos tapetes e das visitas. livra-te também dos animais, arranca da estante e queima os livros dos poetastros laureados. queima e esquece tais e tais vozes. emudece-as no fogo. e começa pelos dedos dos pés. arranca um a um. depois arranca os pés, teus joelhos quebrados, tuas vísceras aguadas, teu estômago amorfo. e vai subindo. quando chegares à cabeça,

Ainda não tomou café. Nunca muito dado a poemas. Onde foi que eu parei?

> quando chegares à cabeça,

Que fazer? Nunca sei o quê, não com a cabeça. No dia em que foderam pela primeira vez, ela tentou lhe explicar qualquer coisa sobre o primeiro romance de Lispector, ela falou e falou sem que ele ouvisse porque ocupado com pensamentos demasiadamente felizes (insuportáveis) acerca dela e dele e daquele momento.

Passa o dia em tal estado de agitação. Toma vários banhos, almoça e janta com dificuldade, prefere não ligar a TV. À hora da missa, fracassa consigo: pênis encolhido se recusando a tomar parte do Sagrado. Liturgia lhe tomando mais tempo e energia. Entretanto, milagrosamente, ejacula. Todo esse tremor. Pai nosso que estais de véu. A porra desta vez indo além das coxas e atingindo uma foto. Lembrança lavada com esperma. Um banho agora? Telefone tocando no vizinho. Notícia ruim vinda de longe. Peito se acostumando. Melhor descansar um pouco mesmo assim. A porra atingiu a foto da esquerda. Segundo trio, uma missa para cada. As três de um aniversário. Na do meio, ela come um pedaço de bolo. Olhos fechados. Na atingida, batendo palmas, boca aberta. Quantos anos então? Dezessete, dezoito? Na da direita, com a família: pai, mãe, primos. Laivo de esperma bem no meio, em cima dela. Em cima dela. Em cima dela: a vagina dela, os lábios arroxeados, os pêlos. Ele se lembra agora. Sem nenhum esforço, ele se lembra de tudo. Que diferença? Não faz a menor.

Velho viúvo trancado em casa me masturbando com hora marcada sobre fotos da mulher morta, meu filho morrendo lá fora e eu não estou com ele, mas trancado aqui depois de mentir para a minha nora Vou viajar.

Que diferença?...

Tenho pensado num livro, disse a mãe, os três à mesa do almoço.

Que livro?, o pai perguntou.

Em escrever um, ela explicou, contar uma história.

Ninguém mais conta histórias, o pai replicou de imediato. Contar histórias é uma bobagem, uma excrescência.

Você é professor de Literatura, retrucou a mãe. Como é que pode dizer uma coisa dessas?

Justamente por isso, disse o pai. *Exatamente* por isso.

Por um longo momento calados, talheres e mandíbulas em movimento, a expressão desgostosa da mãe, cabisbaixa, e o pai sorrindo cinicamente, olhar perdido nos lados vazios da mesa.

E, então ele, o filho, boca cheia, perguntou Pai, o que é "excrescência"?

* * *

Eu me lembro de quando ela resolveu escrever aquele negócio, ele diz.

Que negócio?, ela pergunta.

O romance.

Sua mãe?

Quem mais?

Quando foi?

Eu tinha dezesseis anos, acho.

Dezesseis?

Dezesseis. E eu não sabia o que era "excrescência".

Eu me lembro de quando ela resolveu escrever aquele negócio, ele pensa, não, eu não me lembro de quando ela resolveu escrever esse negócio, eu não poderia saber quando ela resolveu escrever aquele negócio, eu não poderia saber *exatamente* quando ela resolveu escrever aquele negócio, não, mas eu me lembro de quando ela disse, de quando ela falou pela primeira vez qualquer coisa sobre contar uma história, e meu pai disse que ninguém mais contava histórias, que contar histórias era uma excrescência, e eu não sabia o que era "excrescência", mas o que seria, Deus, o que seria ninguém mais contar histórias?

* * *

Está desperto a noite toda. Ela dorme a seu lado. Ela chorou até desmaiar de cansaço. Ela tem chorado até desmaiar de cansaço todos os dias, todas as noites. É o remédio que ela encontrou, o calmante perfeito, o nocauteador: chorar até desmaiar. Ela chega, ela sempre se despe no quarto, nunca no banheiro, ela se despe, toma um banho, cozinha alguma coisa, come, deita-se e chora até desmaiar de cansaço. Ele fica desperto, vidrado na TV. Ele fica desperto a noite toda. As dores de cabeça. Ele fica desperto a noite toda.

O pai viajou. Ligou antes de viajar, preocupado com ela. Com ela, não com ele. Ele achou isso engraçado.

Ela veio aqui hoje, disse o pai. Olha, se não quer fazer o tratamento, é problema seu, escolha sua. Até porque eu também acho que não ia adiantar coisa nenhuma. É um inferno, eu sei, mas ela... parece que está mais difícil para ela do que para você.

Eu sei, pai.

Ou então... você sabe...

O quê, pai?

Dê logo um jeito nessa coisa.

Ele se arrepiou. Quando o pai disse isso (Dê logo um jeito nessa coisa.), ele se arrepiou. Conselho de pai, pensou. Um frigobar. Um frigobar prestes a sair de viagem porque está cansado. Um frigobar prestes a sair de viagem porque não agüenta mais, porque não agüenta mais nada. Mais difícil. Mais difícil para ela do que para você, disse o pai.

O pai viajou. Agora, pensando bem, ele sabe por que o pai viajou. Dar logo um jeito nessa coisa. Ela está acompanhada. Ela não está sozinha. Os poemas, claro, os poemas da mãe.

Está desperto a noite toda, todas as noites, e ainda não se acostumou com o escuro. Há o lugar-comum, pensa, segundo o qual a morte é incurável.

Todos deveriam escrever livros grossos como listas telefônicas antes de morrer. Livros sobre suas próprias mortes.

Não existe cura em contar histórias, pensa. Não existe cura para contar histórias.

Ela dorme ao seu lado. Exausta. Tem organizado os poemas, voltou às aulas e, acima de tudo, tem trabalhado a morte dele.

Trabalhar a morte de alguém é mais simples do que parece. Basta pensar o tempo todo nela, na morte desse alguém. Um processo contínuo de banalização dessa morte. A banalização leva à aceitação. A aceitação leva ao esquecimento, ou, antes, a uma lembrança calma, domesticada, da morte. Pensar que ele está morrendo, que ele vai morrer, passa a doer menos. O choque inerente à coisa é amortecido. Até o momento em que, claro, ele efetivamente morrer. Não pensar nisso, no *momento* propriamente dito, ajuda. Pensar vagamente, por alto, que ele vai morrer. Esquecer o momento em si. O momento vem de um jeito ou de outro. Vem por si só.

Ele está calmíssimo. Ela dorme ao seu lado. Está acompanhada. O remédio que ela encontrou. Mas não existe cura. Dar logo um jeito nessa coisa, ele pensa.

Mas ainda não se acostumou com a escuridão.

Os últimos capítulos do livro da mãe descrevem, de forma seca, passeios, idas ao cinema, tardes modorrentas, trepadas, um porre, algumas noites em claro. Matador e garçonete parecem seguir com uma rotina ancestral de tédio, amor cansado e tristeza. Em momento algum conversam sobre a doença dele. Eventualmente, a autora descreve "crises de choro momentâneas", geralmente "após o sexo"; às vezes, ele chora, mas, em geral, é ela quem cai no choro. Por páginas e páginas, "nada acontece".

Nada acontece.

Nenhuma epifania, apenas uma enorme e nunca verbalizada *espera*. Nunca verbalizada por eles, pelos personagens.

O último capítulo, entretanto, configura uma espécie de cama-de-gato. Durante toda a narrativa, o matador continua fazendo roleta-russa, todos os dias, ao acordar. Nunca na frente da garçonete. As páginas derradeiras descrevem a garçonete na cozinha, preparando um café, quando ela ouve um disparo. Corre até o quarto e depara com "ele caído no chão, ao lado da cama, um furo no peito e algum sangue, não muito; ainda vivo, se debatendo". Ela permanece à porta, estática, observando-o se debater. Ele "balbucia alguma coisa, mas ela não consegue ouvir, pois não se aproxima o suficiente".

O livro termina aí.

Ele morre? Ela o leva ao hospital?

Não importa, disse a mãe na única vez em que conversaram sobre esse final. Não importa. Ou, antes, importa o quadro, a imagem deles dois ali, daqueles jeitos, naquele quarto. Nunca próximos o bastante.

Ele nunca mais conversou com a mãe a respeito de *Aneurisma*.

NOTA

Dois dos contos presentes neste volume (*Desde pequenos nós comemos silêncios* e *Notas para quando o mundo explodir*) integravam a coletânea *Desde pequenos nós comemos silêncios*. Esta coletânea foi premiada com a Bolsa de Publicações Hugo de Carvalho Ramos 2005, oferecida pela Secretaria de Cultura da Prefeitura de Goiânia e pela União Brasileira dos Escritores — Seção Goiás (UBE-GO).

Este livro foi composto na tipologia Electra LH
Regular, em corpo 11/15, e impresso em papel
off-white 90g/m² no Sistema Cameron da Divisão
Gráfica da Distribuidora Record.